Gudrun Pausewang
Pepe Amado

Gudrun Pausewang

Pepe Amado

Eine unglaubliche und utopische Geschichte

Roman

Arche

Umschlag: Max Bartholl, Frankfurt
Satz: Uhl + Massopust, Aalen
Druck, Bindung: Wilhelm Röck, Weinsberg
Printed in Germany
ISBN 3-7160-2042-7

Der Moritat erster Teil

I.

In einem der verrufensten Viertel der Hafenstadt Leticia ging ein Haus in Flammen auf. Die Glut verschwelte, die Feuerwehr ratterte davon, Leute begafften die Lücke in der Gassenfront. Es war ein altes, dreistöckiges Gebäude gewesen, unten ein Lagerraum für Felle und Häute, oben leer.

Der Besitzer des Obstladens im Nebenhaus, ein untersetzter, kurzbeiniger Grieche, stand gestikulierend auf der Schwelle seiner Tür. Noch saß ihm der Schreck in den Gliedern, aber schon witterte er das gute Geschäft: Die Gaffer, Rauch in den Augen und Kehlen, hatten Durst.

Sein Knecht, sein Mozo, ein riesiger dunkelhäutiger Mann unbestimmten Alters, hatte sich zwischen die Menge geschoben und starrte die Brandstätte mit offenem Mund an. Während sich die Leute in den Läden drängten, kehrte der Schwarze verstört in den Hinterhof zurück. Er begriff nicht, was da vorgegangen war. Seine Lebenserfahrung beschränkte sich seit früher Jugend auf das Öffnen und Leeren von Obstkisten, auf das Sortieren von Früchten und das Zerhakken von Kokosnüssen im Hinterhof. Das Obst trug ein Laufjunge aus. Er, der Schwarze, hätte sich in dem Gassengewirr verirrt und weder Kunden noch Heimweg gefunden.

Auf dem Speicher des Lagerhauses, das sich an den Hinterhof anschloß, war mit ein paar Kistendeckeln eine Ecke abgeteilt: ein enger, düsterer Verschlag. Dort, im Staub von Jahrzehnten, stand seine Pritsche. Morgens und mittags lebte er von Früchten, die sich der Kundschaft nicht mehr anbieten ließen. Abends überquerte er die Gasse und aß in der schmutzigen Kneipe »Estrella del Mar« regelmäßig seinen Teller mit Reis und Fleisch. Niemand beachtete ihn, denn man war seinen Anblick gewohnt.

Selten wechselte jemand ein Wort mit ihm – außer seinem Patrón, dem er hündisch gehorchte. Hatte er eine Arbeit nicht zu dessen Zufriedenheit ausgeführt, so schloß der Grieche die Tür zwischen Hof und Laden und zog ihm – der Zwerg dem Riesen – ein paarmal die Peitsche über, und der Schwarze wehrte sich nicht, denn er hatte nie ein anderes Leben gelebt als dieses und nie darüber nachgedacht, ob dem Griechen das Recht zustand, ihn zu prügeln wie einen Hund. Am Ende jeder Woche erhielt er einen lächerlichen Lohn, mit dem er die Abendmahlzeiten bezahlte. Der Wirt der »Estrella del Mar« gab ihm hin und wieder ein altes Hemd oder eine Hose. Dafür erwartete er, daß ihm der Schwarze die Kloake reinigte. Und der tat es.

Am Abend nach dem Brand ging dem Schwarzen im wahrsten Sinn des Wortes ein Licht auf: Als er in seinen Verschlag kroch, spürte er eine Veränderung. Es roch nach Asche. Nach einer Weile merkte er, daß es heller war als sonst. Er begriff, daß das Licht nur durch das kleine Fenster hereinkommen konnte, und starrte durch die Gitterstäbe.

Das war das Neue: Geflimmer überall – Sterne und erleuchtete Fenster. Die Mauer, die ihm bis zu diesem Tag die Sicht versperrt hatte, war verschwunden. Er schaute hinaus in einen Raum, der sich ihm von einer Nacht zur anderen unerwartet geöffnet hatte. Schatten schoben sich vor die Bläue des Himmels, Silhouetten, verziert mit Leuchtreklamen und glitzernden Türmen und Kuppeln. Das also war Leticia, die Stadt, in der er wohnte, unermeßlich groß und herrlich. Bisher waren für ihn die Gasse und der Rummelplatz unten am Fluß Leticia gewesen. Jetzt aber sah er die Stadt vor sich liegen. Sie machte ihn stumm vor Staunen.
In der Ferne, über dem Flimmern, entdeckte er ein weißes Licht, das in unregelmäßigen Abständen verblaßte und aufglühte: größer als die Sterne, nicht so hart und klar wie sie, sondern eher an einen Feuerschein erinnernd. Es verschmolz mit der Finsternis, löste sich langsam auf, verdichtete sich wieder und schwebte zwischen Himmel und Erde, dort, wo keine Häuser mehr standen.
Der Schwarze schüttelte den Kopf: ein Rätsel, zu groß für ihn. Er starrte so lange darauf, bis er vor Müdigkeit auf die Pritsche sank und einschlief.
Am nächsten Morgen weckte ihn die Stimme des Griechen. Dumpf hallte das Echo aus dem Hofschacht herauf. Sofort starrte der Schwarze wieder aus dem Fenster. Rotgolden dehnte sich jetzt die Stadt in der Morgensonne. Fenster blitzten. Das Licht aber fand er nicht mehr. Nur ein spitzer Bergkegel, dessen Hänge sich hinter den letzten Häusern hochzogen, ragte in

jener Richtung am Horizont auf, in der es in der Nacht matt geleuchtet hatte.
»Wo bleibst du?« brüllte der Grieche.
»Ich komme schon«, antwortete der Schwarze.
Müde tastete er sich die Stiege hinunter und hielt seinen Kopf unter den Wasserhahn im Hof. Hier herrschte noch Dämmerung, denn der Hof war mehrstöckig umbaut und nur so groß, daß ein Lastwagen hereinfahren und abladen konnte.
Der Schwarze zog sein gestreiftes Trikothemd über den Kopf. Dann suchte er sich ein paar angefaulte Bananen aus der Abfallkiste in der Ecke des Hofes, hockte sich nieder und kaute. Er starrte auf die gegenüberliegende Wand. Seine Gedanken waren wieder bei dem merkwürdigen Licht, das er in der Nacht entdeckt hatte.
Den ganzen Morgen hieb er Kokosnüsse auseinander, goß ihre Milch in eine Kanne und zerschnitt ihr Fleisch säuberlich in schmale Keile, die vorn im Laden verkauft wurden, das Stück zu zehn Centavos. Die Kanne trug der Laufjunge später in eine Bar neben dem Rummelplatz am Fluß.
Gegen Mittag fiel Sonne in den Hof. Der Schwarze aß das Kokosfleisch einer schief zerhackten Nuß, dann legte er sich in eine Ecke des Hofes zwischen Körbe und Kisten und schlief, bis die Mittagshitze vorbei war. Sein Schnarchen füllte den Hof.
Am frühen Nachmittag scheuchte ihn der Grieche auf und befahl ihm, einen Stapel Obstkisten zu öffnen. Dem Schwarzen fiel es schwer wachzuwerden. Lang-

sam stand er auf, schlug sich mit der Faust gegen die Stirn, kratzte sich hier und dort, schnallte den Hosenriemen enger und beugte sich über die Kisten. Er blieb den ganzen Nachmittag allein. Nur einmal kam der Laufjunge durch den Laden in den Hof geschlendert, zog eine Schleuder und beschoß den Rücken des Schwarzen mit krummen Nägeln. Der spürte es kaum und grunzte gutmütig.

»Du siehst aus wie ein Gorilla«, sagte der Laufjunge.

»Ja«, antwortete der Schwarze und sammelte die Nägel wieder vom Boden auf.

»Du hast überall Muskeln«, sagte der Laufjunge und befühlte ihn ungeniert. »Und was für welche! Aber im Kopf hast du nichts.«

»Nein«, sagte der Schwarze und reichte dem Jungen die Nägel. Der steckte sie grinsend in die Hosentasche, schnitt dem Schwarzen eine Fratze und sagte: »Und lesen kannst du auch nicht.«

»Nein«, sagte der Schwarze.

»Ich war ein halbes Jahr in der Schule«, sagte der Junge. »Ich kenne fast alle Buchstaben. Schau her: Das ist ein R.« Er zog seinen Nagel aus der Hosentasche und kratzte ein R in die Backsteinmauer. Der Schwarze staunte.

»Ich kann richtige Wörter schreiben«, prahlte der Junge. »Wörter, die was bedeuten. Namen zum Beispiel. Meinen eigenen und viele andere.«

Er starrte den Schwarzen nachdenklich an, dann fragte er: »Wie heißt du eigentlich?«

»Coco«, antwortete der Schwarze. »Das weißt du doch. Wie mich der Patrón ruft.«
»Nein«, sagte der Junge, »ich meine deinen richtigen Namen.«
Der Schwarze überlegte eine Weile, dann sagte er: »Pepe Amado.«
»Das kann ich schreiben«, sagte der Bursche. »Siehst du?«
Er malte krakelig *Pepe* an die Mauer, und der Schwarze näherte sich ihm und betastete die Buchstaben.
»Das bist du«, sagte der Junge.
Coco grinste stolz.
»Jetzt kannst du vom Hof weggehen«, sagte der Junge, »und trotzdem bist du noch da. Nämlich hier an der Wand.«
Coco starrte abwechselnd auf ihn und den Namen.
»Mach dein Maul zu«, sagte der Bursche, »sonst zieht's. Soll ich auch *Amado* schreiben?«
Coco nickte.
Der Bursche schrieb aber nicht *Amado,* sondern *Bobo,* und lachte dabei unbändig, denn *Bobo,* das bedeutet *Trottel.* Der Schwarze starrte ihn verständnislos an.
»Da hast du ihn«, sagte der Junge, »deinen Vornamen und deinen Nachnamen. In meiner schönsten Schrift, und alles gratis, als Freundschaftsdienst. Wenn jemand auf den Hof kommt, kannst du darauf zeigen und sagen: Das bin ich!«
Sie merkten nicht, daß der Grieche aus der Tür schaute.
»Wirst du wohl verschwinden, du Kakerlake!«

schnauzte er den Laufjungen an. »Um drei sollen die Pfirsiche im Hotel sein!«
Der Laufjunge nahm den Pfirsichkorb, den ihm der Grieche hinhielt, und verschwand.
»Und du, Pisser, mach das Tor auf, die Melonen kommen!« Er warf Coco den Schlüssel für die Toreinfahrt zu.
Coco fing ihn auf, trabte zur Einfahrt und öffnete das Tor. Ein Lastwagen fuhr rückwärts herein. Zwei Indios sprangen unter der Plane hervor und begannen abzuladen. Coco half ihnen.
«Dort an der Wand steht mein Name«, sagte er.
»Wir können nicht lesen«, antworteten die Indios.
Der Chauffeur aber, der aus der Kabine gestiegen war und sich eine Orange aus einer Kiste fischte, lachte schallend: »So heißt du?«
»Ja, Señor«, antwortete Coco stolz.
»Das hast *du* doch nicht hingeschrieben?« fragte der andere.
»Der Junge«, sagte Coco.
»Drum«, sagte der Chauffeur. »Du heißt also *Pepe Bobo?«*
»Nein, Señor. Pepe Amado.«
»Aber hier steht *Pepe Bobo«,* sagte der Chauffeur mit vollem Mund und feixte zu den beiden Indios hinüber. Die begannen ebenfalls zu grinsen. Coco warf ihnen einen hilflosen Blick zu, dann senkte er bekümmert den Kopf.
»Ja, so geht's, wenn man nicht lesen kann«, sagte der Chauffeur.

Kaum war der Lastwagen wieder aus dem Hof in die Gasse gerollt, arbeitete Coco weiter. Ab und zu hob er den Kopf und betrachtete traurig die Buchstaben an der Wand.

»Na?« fragte der Junge, als er zurückkehrte. »Hat schon jemand deinen Namen bewundert?«

»Die vom Lastwagen«, antwortete Coco.

»Und was haben sie gesagt?«

»Sie haben gesagt: Da steht nicht *Pepe Amado,* sondern *Pepe Bobo.*«

»Und du hast ihnen geglaubt?« fragte der Junge. »Angeschwindelt haben sie dich! Hier an der Wand steht *Pepe Amado.*«

Coco nickte und beugte sich über seine Kisten.

Der Grieche, der die schrille Stimme des Jungen bis in den Laden gehört hatte, kam auf den Hof. Sein Blick fiel auf die Kritzelei an der Mauer.

»Wer hat das da hingeschmiert?« kläffte er.

»Coco«, rief der Laufjunge wie aus der Pistole geschossen.

Der Schwarze klappte den Mund auf, deutete mit dem Finger auf sich und fragte: »Ich? Ich kann doch gar nicht schreiben.«

»Also warst du's«, sagte der Grieche zu dem Jungen und griff nach einer Latte.

»Aber er hat mich dazu aufgehetzt!« plärrte der Junge. »Er hat gesagt: Wenn du nicht *Pepe Amado* da hinschreibst, nagle ich dir deine Ohren an eine Obstkiste. Was sollte ich da tun als schreiben, Patrón? Ich bin nicht schuld daran – bei der Jungfrau Maria!«

»Aber da steht *Pepe Bobo«,* keifte der Grieche, »du willst doch nicht behaupten, er habe dir befohlen ...«
»Das war der Lastwagenfahrer«, unterbrach ihn der Junge. »Coco hat's mir selber erzählt!«
»Du Dummkopf!« schrie der Grieche den Schwarzen an. »Du stinkst vor Dummheit. Der ganze Hof stinkt nach dir!« Und er schlug ihm die Latte über den Rücken. Sie zerbrach. Coco gab keinen Laut von sich. Der Junge grinste schadenfroh.
»Was stehst du da und glotzt?« herrschte ihn der Grieche an. Der Junge verdrückte sich.
»Und jetzt schmirgle deinen Namen von der Wand!« befahl der Grieche. »Es genügt mir schon, dich zu sehen. Ich will nicht auch noch deinen Namen sehen müssen.«
Coco schmirgelte stumm. Sein Patrón hatte ihn geschlagen. Das war sein Recht. Die Sache mit dem Namen überschaute er schon nicht mehr. Mit jedem Buchstaben, der verschwand, war er mehr und mehr überzeugt, daß da doch *Pepe Amado* gestanden hatte. Es war sein Name gewesen, er selbst. Ihm war traurig zumute.

II.

Am Abend trottete er in die »Estrella del Mar« hinüber und aß. Abwesend kaute er vor sich hin, bis ihm wieder das seltsame Licht einfiel. Da schlang er eilig Reis und Fleisch hinunter.

Kurz darauf tappte er die Stiege zu seinem Verschlag hinauf. Als er sich mit eingezogenem Kopf hineinzwängte, raschelte es unter seiner Pritsche und über der Balkendecke. Ratten huschten davon.

Er kniete sich auf die Pritsche, packte die Gitterstäbe und preßte den Kopf daran. Wieder glitzerte und flimmerte es überall, auch das Licht war wieder da, glühte auf und verging, leuchtete und verblaßte, ein weißgelber Schein fern am Horizont, hoch über den Dächern.

Er schlief kaum in dieser Nacht. Immer wieder schaute er hinaus, voller Sorge, das Licht könne inzwischen erloschen sein. Aber jedesmal war es da und blieb da und enttäuschte ihn nicht.

Irgendwann stand er auf und zog einen uralten Holzkoffer unter seiner Pritsche hervor. Er öffnete ihn behutsam und wühlte eine Gipsmadonna aus muffig riechenden Lappen. Vorsichtig hob er sie heraus und stellte sie auf. Sie reichte ihm bis ans Knie: eine sanft lächelnde Gottesmutter, eine Weiße, blond, in einem hellblauen Sternenmantel auf einem Sichelmond.

Waren es zehn, war es schon ein Dutzend Jahre her? Er konnte sich nicht mehr genau erinnern. Ein Laufjunge

»Was ist das für ein Licht, das ich heute nacht gesehen habe?« fragte er eine Matrone, die sich gerade über eine Orangenkiste beugte. Sie fuhr erschreckt auf.
»Verschwinde!« herrschte ihn der Grieche an, der seinen Augen kaum traute. »Und laß dich hier nicht noch einmal blicken, sonst setzt es was!«
Coco trottete hinaus. Aber es dauerte nicht lange, da war er wieder da und berührte scheu den Arm eines Kunden.
»Das Licht«, sagte er. »Wissen Sie etwas über das Licht?«
»Was meint er?« fragte der Kunde, ein dicker Mestize.
»Was weiß ich?« rief der Grieche. »Schon den ganzen Morgen faselt er von einem Licht!« Er packte Coco an den Schultern und schob ihn fluchend hinaus.
Der Schwarze blieb eine Weile stocksteif vor der Hintertür stehen. Dann machte er sich wieder an das Sortieren der Äpfel. Als er damit fertig war, ging er ein drittes Mal in den Laden. Der Grieche lief rot an und stürzte auf ihn zu. Mit ein paar Tritten drängte er ihn in den Hof.
»Du Idiot!« keuchte er. »Bist du vollends übergeschnappt?«
»Das Licht, Patrón«, murmelte Coco.
Wortlos drehte sich der Grieche um und schob den Riegel von innen vor die Hintertür.
Coco begann den Hof zu kehren. Nach einer Weile klopfte er an die Hintertür. Er hörte, wie der Grieche herangeschlurft kam, den Riegel zurückschob und mißtrauisch durch einen Spalt spähte.

»Ich möchte den Schlüssel haben«, sagte Coco.
»Den Schlüssel? Welchen Schlüssel?« fragte der Grieche gereizt. »Wozu?«
»Für das Hoftor. Ich will auf die Straße gehen und nach dem Licht fragen.«
»Du bleibst auf dem Hof«, entschied der Grieche. »Das Tor bleibt zu.« Und er schob den Riegel wieder vor.
Coco kehrte zu seinem Besen zurück, nahm ihn in die Hand, lehnte ihn wieder an die Wand, ging zum Tor und blieb davor stehen. Plötzlich warf er sich mit aller Kraft dagegen. Beim dritten Stoß splitterte das Schloß aus dem morschen Holz.
Leicht taumelnd stand er draußen auf der sonnenhellen Gasse und wischte sich den Schweiß aus dem Gesicht. Ein paar Kinder stoben davon. Er schaute ihnen verwundert nach. Er wartete, erfüllt von seiner Frage.
Als ein Mann vorüberkam, tappte er auf ihn zu. Der Mann erschrak vor der massigen Gestalt und wechselte die Straßenseite.
»Señor, was ist das für ein Licht?« rief ihm Coco nach. Der Mann tippte sich an die Stirn. Da wartete Coco auf den nächsten, der vorbeikam.
Es war ein Schwarzer, kaum kleiner als Coco. Als er ihn erregt fragte: »Haben Sie das Licht gesehen, Señor?« fragte der andere zurück: »Welches Licht? Sind Sie von den Zeugen Jehovas? Ich bin katholisch.«
Coco verstand nichts. »Das Licht, das manchmal über

der Stadt leuchtet«, erklärte er mit unbeholfener Zunge.
»Meinst du den Mond?« fragte der andere.
»Nein, nicht den Mond. Es ist nicht rund und wandert nicht über den Himmel.«
»Keine Ahnung«, sagte der Mann mürrisch und wollte weitergehen.
Aber Coco packte ihn am Arm. »Ich laß Sie nicht eher los«, sagte er, »bis Sie's mir gesagt haben.«
»Verdammt noch mal, ich weiß nicht, wovon du sprichst!« schrie der Mann. »Und wenn du jetzt deine dreckigen Pfoten nicht von mir nimmst, dann fliegen die Fetzen!«
Er versuchte, sich loszureißen, aber Coco klammerte sich mit beiden Händen an sein Hemd. Als der Mann ihm die Faust ins Gesicht schlug, ließ Coco ihn los und taumelte verwirrt zurück.
»Langt's dir jetzt?« keuchte der Mann und ging weiter.
Aber Coco setzte ihm in großen Schritten nach und packte ihn an der Schulter.
»Du sagst es mir!« donnerte er.
Der Grieche kam aus seinem Laden herausgeschossen, um nach der Ursache des Geschreis zu forschen. Da erkannte er seinen Mozo, der sich an den Schwarzen klammerte und einen Hieb nach dem anderen einsteckte, ohne loszulassen.
»Coco!« brüllte er. »Bist du verrückt?«
Er zerrte an ihm, aber Coco kümmerte sich nicht um ihn.

»Ist das dein Mozo?« rief der Mann dem Griechen zu. »Der ist ja wie ein Tier!«
»Hör auf!« keifte der Grieche und trat Coco in die Kniekehlen. Der schwankte, ließ aber nicht los.
»Erst das Licht, dann kann er gehen«, grunzte er.
»Scher dich auf den Hof!« schrie der Grieche. »Dort erzähl ich dir, was das für ein verdammtes Licht ist!«
Augenblicklich ließ Coco los und kehrte stumm auf den Hof zurück. Schimpfend entfernte sich der Mann. Der Grieche rannte in seinen Laden, schloß die Ladentür ab, die auf die Gasse hinausführte, und stürzte in den Hof. Er schlug die Torflügel zu und lehnte einen Balken dagegen. Dann winkte er Coco in die hinterste Ecke des Hofes, zwischen die aufgeschichteten Kisten und Körbe. Die gewaltigen Schultern des Schwarzen wölbten sich über ihn.
»Die ganze Straße hast du rebellisch gemacht«, sagte er wütend. »Du wirst es noch soweit treiben, daß niemand mehr meinen Laden betritt, aus Angst vor dir!«
»Das Licht, Patrón«, sagte Coco ruhig und trat einen Schritt auf den Griechen zu. »Sie haben mir versprochen, daß Sie's mir sagen.«
»Ich sag's dir ja schon!« fauchte der Grieche. »Das Licht ist der Schutzengel von Leticia. Jede Nacht sitzt er über der Stadt und bewacht sie. So, jetzt weißt du's.«
Er hatte das Brett schon in der Hand und schlug auf seinen Mozo ein, der vor dem entblößten Geheimnis wieder in bedingungslosen Gehorsam zurückfiel.

Coco ertrug die Hiebe, ohne zu seufzen. Er nahm sie hin, wie er sie immer hingenommen hatte: als das Recht des Patróns.

Überzeugt, daß nun alles aus den Fugen Geratene in die ihm bestimmte Ordnung zurückgezwungen sei, öffnete der Grieche den Laden wieder und bediente weiter, während Coco gedankenverloren den Hof kehrte. Ein Engel hatte geleuchtet! Er mußte riesengroß sein. Sahen ihn alle oder nur er? Und warum blieb der Engel nicht auch bei Tage sitzen? Die Stadt brauchte seinen Schutz doch immer.

Als es Zeit wurde, hinüber in die »Estrella del Mar« zu gehen, erfüllte ihn ein Gefühl großen Glücks: Er hatte den Schutzengel von Leticia gesehen und würde ihn, so dieser wollte, auch in der kommenden Nacht bestaunen dürfen.

III.

In der »Estrella del Mar« bediente Edulia, eine junge Indiofrau, die den Gästen auch nach den Mahlzeiten zur Verfügung stand. Für sie existierte der Schwarze nicht. Abend für Abend schob sie ihm den vollen Teller hin und trug den leeren wieder weg. Stumm nahm sie das Geld in Empfang und gab, wenn nötig, wortlos heraus. Während der zwölf Jahre, in denen er von ihr bedient worden war, hatte sie nur einmal zu ihm gesagt: »Kleckere nicht so!«, ein paarmal: »Wasch dich, du stinkst ja«, und an jedem Heiligen Abend: »Frohe Weihnachten!«

An diesem Abend fiel er ihr auf. Er war anders als sonst. Sie beobachtete ihn aus den Augenwinkeln, während sie mit den Tabletts hin- und herlief. Wie immer war er in seine Ecke gegangen, hatte seine Ellbogen auf das fleckige Tischtuch gestützt und den Kopf in seine Pranken gelegt. Er stierte aber nicht wie sonst stumpf ins Leere, sondern grinste vor sich hin.

»Warum freust du dich so?« fragte sie ihn, als sie den Teller brachte. »Hast du dir eine Compañera angelacht?«

Er fuhr zusammen und starrte sie an.

Sie strich lachend davon und vergaß ihn wieder. Er aber staunte ihr nach: Sie hatte ihn angeredet, hatte ihn wahrgenommen. Er aß und schaute auf seinen Teller. Manchmal hob er auch den Kopf und suchte sie mit unsicheren Blicken in der dämmrigen Tiefe

des Raumes, und wenn er sie entdeckt hatte, schlug er schnell die Augen nieder. Als sie nicht weit von ihm vorüberkam, machte er ihr Zeichen.
»Beeil dich, ich hab keine Zeit!« rief sie ihm zu, kam aber doch näher, denn sie war neugierig. »Was willst du?« fragte sie und beugte sich über ihn. »Etwa heute nacht?« Sie lachte.
Er verstand ihre Frage falsch.
»Hast du ihn auch gesehen?« flüsterte er erstaunt.
»Wen?« fragte Edulia, ihrerseits verblüfft.
»Den Schutzengel«, sagte Coco.
»Welchen Schutzengel?« fragte sie ungehalten. »Willst du mich auf den Arm nehmen?«
»Der in der Nacht die Stadt bewacht«, sagte er ernst.
»Willst du etwa behaupten«, flüsterte sie, »daß *du* ihn gesehen hast?«
Er nickte und grinste verklärt. Und sie fragte weiter. Er erzählte.
Jemand rief Edulia. Sie hastete davon. Aber schon nach einer kleinen Weile stand sie wieder neben ihm.
»Und du hast ihn richtig gesehen?« fragte sie mißtrauisch. »In der Dunkelheit?«
Sie verspürte große Lust zu kichern, aber seine Kinderaugen machten sie verlegen. Sie rannte in die Küche, schlug die Tür hinter sich zu und brach in schrilles Gelächter aus.
»Was gibt's?« fragte der Koch.
Edulia versuchte zu erklären, was dieser einfältige schwarze Mozo des Griechen ihr anvertraut hatte.
»Er ist besoffen«, meinte die Küchenfrau.

»Hast du diesen Mann schon mal besoffen gesehen?« fragte Edulia. »Er ist dumm und dreckig und hat keine Manieren, aber er säuft nie.«
»Hast du dich nicht verhört?« fragte Don Emilio, der Wirt, ein stämmiger Italiener mit Schnauzbart.
»So ein Idiot«, sagte der Koch.
»Frag ihn, wie groß der – Schutzengel war«, befahl der Wirt Edulia.
»Und wie sein Gesicht ausgesehen hat!« rief ihr der Koch nach.
Sie lief hinaus und kam mit einer Reihe von Bestellungen wieder zurück.
»Na?« rief der Koch ihr zu. »Was sagt er?«
»Ungeheuer groß soll er sein, aber weit weg«, berichtete sie. »Und sein Gesicht soll leuchten.«
»Schutzengel«, sagte der Wirt mit einer abfälligen Handbewegung. »Als ob es so was gäbe.«
»Jetzt geh ich und frag ihn, ob der Schutzengel nackt war«, sagte der Koch.
»Du bleibst hier«, knurrte der Wirt. »Du erschreckst ihn nur. Edulia soll ihm ein Bier bringen, damit er nicht davonläuft. Denn ich verspreche mir noch allerhand Spaß von dieser Sache. Wir könnten ein Programm daraus machen. Mal was anderes.«
Coco blinzelte verwirrt, als ihm Edulia ein volles Bierglas hinschob. »Einen schönen Gruß vom Chef«, sagte sie, während sie schon weiterhastete, »und das Bier spendiert er dir.«
»Was soll ich für ihn tun?« fragte er.
»Nichts!« rief sie über die Schulter zurück. Aber als

sie wieder an ihm vorbeikam, flüsterte sie ihm zu: »Er ehrt dich, weil du den Schutzengel gesehen hast. War er nackt, oder hatte er was an?«
Coco überlegte. »Ich weiß nicht, ob er nackt war«, sagte er dann. »Er hat ja so sehr geleuchtet.«
»Ich glaube, er hatte was an«, kicherte sie und zupfte ihn am Ohr. »Nur die kleinen Engel lassen sich nackt sehen. Stell dir das doch mal vor: ein richtiger großer Engel und splitternackt!« Und schon verschwand sie wieder in der Küche.
Statt ihrer erschien der Wirt.
»Hierher! Hierher!« riefen ein paar Stammgäste.
Der Wirt winkte. Er zwängte sich zwischen Tischen und Stühlen zu ihnen durch.
»Bei euch ist wohl Sand ins Getriebe geraten«, knurrte ein Kolumbianer, der auf der Hunderennbahn ein Wettbüro unterhielt. »Wir alle rufen nach deiner Edulia, aber sie interessiert sich nur noch für diesen Nigger da. Der löffelt doch nun seit Jahren schon dort in der Ecke. Was ist denn, Teufel nochmal, heute Besonderes an ihm?«
»Daran ist der Schutzengel von Leticia schuld«, sagte der Wirt, zog sich einen Stuhl zwischen die Gäste und erzählte ihnen, was er von Edulia erfahren hatte. Währenddessen saß Coco einsam und allein an seinem Tisch.
»Jetzt wundert mich nichts mehr«, sagte Sócrates Díaz, ein ehemaliger Feldwebel, und lehnte sich zurück. »Auf so was kann nur ein Trottel kommen.«
»So trottelig ist er nun auch wieder nicht, daß er nicht

wüßte, wovon er redet«, sagte der Wirt. »Irgend etwas wird er schon gesehen haben.«
»Etwas Großes«, sagte ein versoffener Serbe, von dem es hieß, er schmuggle Marihuana. »Sonst wär er nicht auf eine so absurde Idee gekommen. Aber was?«
»In der Zeitung stand jedenfalls nichts«, sagte der Mestize Cosme Gutierrez, Devotionalienhändler.
»Und woher will er wissen«, fragte Don Sócrates, »daß es ausgerechnet ein Schutzengel war?«
Der Wirt zuckte mit den Schultern.
»Geh hinüber und frag ihn«, sagte der Serbe.
Der Wirt erhob sich und steuerte auf Cocos weißschimmernde Augen zu, die in der halbdunklen Ecke leuchteten.
»Nun, alter Freund, schmeckt das Bier?« fragte er.
Coco grinste verlegen.
»Edulia hat uns erzählt, daß du in den beiden letzten Nächten den Schutzengel von Leticia gesehen hast...« Als Coco nickte, fügte der Wirt hinzu: »Woher weißt du, daß es der Schutzengel war?«
»Mein Patrón hat es mir gesagt«, antwortete Coco.
»Dann ist es sicher wahr«, meinte der Wirt, ohne das Gesicht zu verziehen. »Glaubst du, daß er heute nacht auch wieder über der Stadt sitzt?«
Coco nickte ernst, und Don Emilio kehrte zu seinen Freunden zurück und erstattete Bericht. Sie brachen in Gelächter aus.
»Der Grieche?« fragte Don Sócrates. »Da hat er sich ja einen schönen Spaß gemacht mit dem Trottel, und der glaubt ihm auch noch aufs Wort.«

»Manchmal«, sagte Edulia, die gerade mit einem vollgetürmten Tablett vorbeikam, »gibt es Erscheinungen am Himmel. Die bedeuten etwas. Zum Beispiel sollen vor dem letzten Erdbeben feurige Räder über den Himmel gerollt sein.«
Don Cosme schickte den Wirt noch einmal zu Coco, ob er nicht gewillt sei, ihnen den Schutzengel von Leticia zu zeigen.
Inzwischen hatte sich die Geschichte herumgesprochen. An allen Tischen wurde gekichert. Grinsend kehrte der Wirt zurück.
»Freunde«, rief er, »der Señor ist bereit!«
Coco brauchte lange, bis er den Tisch der Stammgäste erreicht hatte, denn er wagte niemanden zu bitten, seinen Stuhl beiseitezurücken. Endlich stand er vor dem Tisch und grüßte verlegen.
»Dann laßt uns also aufbrechen«, sagte der Wirt.
Der Kreis erhob sich. Coco strebte auf die Tür zu, die auf die Gasse führte.
»Halt!« rief der Wirt. »Wo willst du hin?«
»Auf den Speicher«, sagte Coco, verwundert über die Frage. »Wo ich schlafe. Dort hab ich ihn durch das Fenster gesehen.«
»Glaubst du nicht, wir könnten den Engel auch von meinem Dach aus sehen?« fragte der Wirt vorsichtig, da er mit dem Griechen ungern Ärger haben wollte. Er führte die Leute kurzerhand in die entgegengesetzte Richtung, in den hinteren Teil der Kneipe, wo eine enge Treppe auf das Dach des Hauses führte. Eine Schlange von etwa fünfundzwanzig bis dreißig

Männern bewegte sich durch das Treppenhaus, kichernd, flüsternd, schlurfend, und tastete sich am Geländer empor, allen voran der Wirt. Irgendwo in der Mitte, ständig weiter zurückgedrängt, trottete der Schwarze. Edulia ging am Schluß. Ein Luftzug entstand. Tapetenfetzen raschelten, eine Ratte huschte treppauf. Im ersten Stock hing eine verstaubte Glühbirne an einem Draht von der Decke herab und schimmerte trüb. Eine Tür öffnete sich, Licht fiel auf die Treppe. Eine alte Frau, die Mutter des Wirts, schaute heraus.
»Was soll das?« fragte sie mürrisch.
»Die Gäste wollen die Sterne sehen«, sagte Edulia. Sie hütete sich, den Schutzengel zu erwähnen, denn die Alte war sehr fromm.
»Muß das ausgerechnet in der Nacht sein?« fragte die Alte.
»Freilich, Doña Filomena, freilich«, rief Edulia. »Bei Tag kann man ja keine Sterne sehen.«
Die Alte keifte hinter ihr her. Vom zweiten Stock, wo Edulias Zimmer lag, bis zum Dach führte die Treppe an der Außenwand entlang. Oben auf der Plattform versammelten sich schon die ersten Gäste um den Wirt, während Coco, nun am Schluß, noch die letzten Stufen erklomm. Ihm war sehr feierlich zumute. Wann war er je so hoch über der Erde gewesen?
Kaum hatte er das Dach betreten, schloß sich auch schon der Kreis um ihn und schob ihn an die Balustrade.

»Ich fürchte, dein Schutzengel ist heute nicht erschienen«, sagte der Wirt. »Ich sehe nichts als Sterne.«
Coco hatte noch nie den ganzen Sternenhimmel auf einmal gesehen, noch nie die ganze Stadt. Er konnte sich nicht gleich zurechtfinden.
»Von hier oben aus ist alles so groß«, stotterte er.
»Der Schutzengel läßt sich nur blicken, wenn du allein bist, was?« höhnte der Serbe.
Coco, dunkler als der Nachthimmel, schaute sich um und ließ seine Augen wandern. Wo war der Horizont, den er von seinem Fenster aus gesehen hatte? Wo waren die Pyramiden erleuchteter Fenster bis in die Bergsilhouetten hinauf?
Scharf beobachtet von fünfzig Augen, drehte er sich langsam um sich selbst und spähte in die Nacht. Da fand er ihn. Zwischen Fenstern und Sternen geisterte sein Schein, verblaßte und glühte wieder auf: der Schutzengel. Er lachte vor Freude und deutete mit ausgestrecktem Arm darauf.
Es entstand eine Stille, die in dröhnendem Gelächter barst. Der Kreis um Coco johlte, brüllte, wieherte. Coco schaute sich erschreckt und ratlos um. Lachtränen in den Augen, schlug ihm der Wirt die Hand auf die Schulter und rief: »Ausgerechnet der Vulkan – der Schutzengel unserer Stadt?«
Coco begriff nichts. Er verstand nicht, warum sie lachten, verstand nicht, was der Wirt meinte. Er stand da und wartete.
»Wie um alles in der Welt hast du deinem Patrón nur diesen Blödsinn glauben können?« fragte der Wirt.

»Weil alles wahr ist, was er sagt«, antwortete Coco.
»Er hat dich beschwindelt, Mann, gründlich beschwindelt!« sagte Don Cosme.
»Und du bist nicht auf den Gedanken gekommen«, sagte der Wirt, »daß es der Vulkan sein könnte, der da leuchtet?«
»Was ist ein Vulkan?« fragte Coco.
Die Männer grölten.
»Hast du etwa noch nie gehört, daß es bei Leticia einen feuerspeienden Berg gibt?« schrie Don Cosme.
Coco schüttelte den Kopf und zog die Schultern hoch.
»Leute, er weiß nichts von unserem Macaruco!« rief der Serbe.
»Ein Leben lang in dieser Stadt zu wohnen und nicht zu wissen, daß sie am Fuß eines Vulkans liegt, dessen Namen die Schulkinder auf der ganzen Welt lernen müssen – das ist zuviel«, sagte Don Sócrates.
Und um sich wichtig zu tun, belehrte der Wirt Coco lautstark und gestenreich über Krater, Lava und berühmt-berüchtigte Vulkanausbrüche.
Den Männern aber wurde es bald langweilig auf dem Dach. Einer nach dem anderen tappte treppab – zufrieden, schlauer zu sein als der Schwarze. Sie setzten sich wieder in die verräucherte Kneipe, deren niedrige Decke sie vor dem Anblick des so unglaublich großen Himmels schützte. Schon huschte Edulia von neuem gläserbalancierend zwischen den Tischen hin und her, als sei sie nie auf dem Dach gewesen. An Coco dachte niemand mehr.
Der stand noch immer stumm neben dem Wirt an

der Balustrade. Er versuchte die Ungeheuerlichkeiten zu begreifen, die der Wirt ihm erzählte, aber sein Kopf dröhnte von all dem Neuen.

»Viele Vulkane«, sagte der Wirt, »sind tot. Das Feuer in ihnen ist ausgegangen. Aber unser Berg, dieser Macaruco, ist lebendig. Er hat eine unvorstellbare Kraft. Auch er spuckt manchmal Lava und Asche aus. Beim letzten Mal floß die Lava auf der anderen Seite herunter. Nicht auf unsere Stadt zu. Ja, unberechenbar ist er, und wild – aber auch schön. Von überall her kommen sie und bestaunen und fotografieren ihn. Es gibt sogar welche, die klettern an ihm hinauf und gaffen ihm in den Schlund. Na ja, jedem seinen Spaß.«

Als er sich umdrehte, merkte er, daß die anderen längst hinabgestiegen waren. Das ärgerte ihn. Und so ließ er seinerseits den Schwarzen stehen, der jetzt den Kopf hob und zum Vulkan hinüberstarrte. Stufe um Stufe verschwand der Wirt von der Terrasse. Dann war Coco allein.

Er schaute noch immer hinüber zu dem Licht, das kein Schutzengel mehr war, und begann hemmungslos zu weinen: Er, Coco, würde seinem Patrón nie mehr glauben können.

Blind vor Tränen suchte er die Treppe. Er suchte sie mitten auf dem Dach, denn er erinnerte sich nicht, daß sie an der Außenwand heraufführte. Er wollte sich irgendwo verkriechen, wo ihn der Schein des Vulkans und das Geglitzer der Stadt nicht mehr erreichen konnten. Aber die leere Dachplattform bot ihm kein Versteck.

Nachdem er es aufgegeben hatte, die Treppe zu finden, tappte er an der Brüstung entlang, kauerte sich in einer Ecke nieder und heulte wie ein Hund.

IV.

Unten im Schankraum spielten sie Karten. Ab und zu kam noch einmal bei dem Gedanken an den Schutzengel Gelächter auf, Gläser klirrten, die Musikbox übertönte das Stimmengewirr.

Plötzlich fragte der Serbe: »Wo ist eigentlich dieser Nigger geblieben, Leute?«

»Er wird heimgegangen sein«, meinte der Wirt, der mit am Tisch saß.

»Ich wette, er ist noch auf dem Dach«, sagte der Serbe.

Der Wirt winkte Edulia und schickte sie hinauf. Sie gehorchte mürrisch, denn sie fürchtete sich davor, allein durch das düstere Treppenhaus und weiter hinauf in die Finsternis zu steigen. Wenn sie nachts in ihr Zimmer ging, war sie selten allein. Als sie aus dem Treppenhaus in die Nacht hinaustrat und sich voller Furcht an das eiserne Geländer klammerte, das auf das Dach führte, hörte sie das Geheul. Zu Tode erschrocken, wagte sie nicht, sich zu rühren. Sie bekreuzigte sich und stieg hastig die Stufen wieder hinunter.

Die Tür im ersten Stock öffnete sich. Die Alte streckte ihren Kopf heraus. »Das ist dein schlechtes Gewissen, du Hure«, keifte sie, »was da oben herumheult. Ich hör's ganz genau, wie oft einer mit dir heraufschleicht!«

»Der Wirt wünscht es so«, antwortete Edulia hart.

»Lügnerin!« schimpfte die Alte. »Solche wie du werden eines Tages von den Ratten gefressen!«
Vor Ratten fürchtete sich Edulia am allermeisten. In ein paar Sätzen sprang sie die letzten Stufen hinunter und stürzte in den Schankraum: »Er heult! Er heult wie ein Hund!«
»Warum heult er?« fragten die Gäste.
»Geh noch einmal hinauf und sag ihm, er soll herunterkommen«, sagte der Wirt.
»Sag ihm, ich spende ihm ein Bier«, rief der Serbe.
»Ich geh nicht noch einmal hinauf«, sagte Edulia entschlossen. »Mir reicht's.»
Schließlich stieg der Wirt selber hinauf. Er ging dem Geheul nach und entdeckte den Schwarzen in einer Ecke der Dachbrüstung. So abgebrüht er war, rührte ihn dieser Anblick doch.
»Hör auf, Mann«, sagte er. »Es ist dir ja nichts passiert.«
Aber Coco nahm ihn nicht wahr. Und der Wirt wagte nicht, sich ihm zu nähern und ihn an der Schulter zu rütteln. So schlurfte auch er unverrichteter Dinge wieder hinunter.
»Wir hätten nicht so lachen sollen«, meinte er, nachdem er den anderen berichtet hatte.
»Und jetzt?« fragte der Serbe. »Sollen wir ihn die ganze Nacht dort oben heulen lassen?«
»Man müßte ihn ablenken«, sagte Don Sócrates. »Wie wär's mit Edulia?«
Sie winkten sie herbei, aber Edulia wollte nicht.
»Ich hab auch meinen Stolz, ihr Herren«, sagte sie.

»Erst macht ihr euch über ihn lustig, und dann soll ich ihn ernst nehmen.«
»Hast wieder mal deine störrische Tour, was?« fragte der Wirt und warf ihr einen drohenden Blick zu.
»Er wird schon aufhören zu heulen, wenn er merkt, daß ihm niemand zuhört«, meinte Don Sócrates. »Er wird einschlafen, und morgen wird er sich schnell wieder an den alten Trott gewöhnen.«
Plötzlich kam dem Kolumbianer ein Einfall. Er flüsterte mit dem Wirt. Der grinste und gab die Idee weiter. Die Gäste legten die Karten weg, schlugen sich auf die Schenkel und lachten. Jemand stellte die Musikbox ab.
Kurz darauf stiegen Don Cosme und der Serbe die Treppe hinauf.
»Seid vorsichtig«, rief ihnen der Wirt nach, »daß er euch nicht anfällt.«
»Der fällt niemanden an«, sagte Edulia. »Der nicht.«
»Stille Wasser sind tief«, meinte der Wirt.
Die beiden Männer hörten Coco leise wimmern, als sie auf dem Dach ankamen. Vorsichtig näherten sie sich der Ecke, in der er kauerte. Er hatte den Kopf zurückgeworfen und starrte mit weit offenen Augen in den Himmel. Don Cosme, außer Atem von dem Aufstieg, tastete sich an der Brüstung entlang an ihn heran. Coco fuhr zusammen und verstummte. Don Cosme und der Serbe blieben stehen. Auch Coco rührte sich nicht.
»Komm«, sagte Don Cosme, »wir warten unten auf dich. Mit einem Bier. Du hast doch Durst?«

Coco stieß Laute aus, die weder Zustimmung noch Ablehnung ausdrückten.
»Du willst doch nicht die ganze Nacht hier oben bleiben«, sagte der Serbe.
»Haut ab«, sagte Coco.
»Wir müssen dir was Wichtiges mitteilen«, sagte der Serbe. »Was sehr Wichtiges. Für dich.«
»Ich weiß schon, was«, sagte Coco mit schleppender Stimme. »Daß es der Vulkan ist, nicht ein Schutzengel.«
»Also mach schon, Kumpel«, drängte der Serbe. »Dein Bier wird warm. Und wir haben unten auch unser Bier stehen. Wenn wir nicht bald unten sind, saufen sie uns die Gläser leer.«
»Ihr wollt nur wieder über mich lachen«, sagte Coco.
»Keiner wird über dich lachen«, sagte Don Cosme. »Das versprechen wir dir.«
Sie hakten ihn unter und führten ihn die Treppe hinunter. Er wehrte sich nicht.
Im Flur des ersten Stocks lauerte ihnen die Mutter des Wirts auf. »Der Schlag soll euch treffen, euch allesamt, ihr gottlosen Luder, ihr!« keifte sie giftig.
»Beruhigen Sie sich, Doña Filomena«, sagte Don Cosme. »Wir sind Freunde Ihres Sohnes, und dieser hier ist ein unbeflecktes Lamm – «
Sie bekreuzigte sich und schlug die Tür zu, während die drei Männer die Treppe weiter hinuntertappten. Cocos Begleiter merkten, wie der Schwarze zögerte. Sie spürten seine Angst. Aber sie redeten ihm gut zu, und schließlich hatten sie ihn unten im Flur.

Die Tür sprang vor ihnen auf. Der Raum schwelte in geheimnisvoll rotem Licht. Tische und Stühle waren in einem Halbkreis zusammengerückt, in der Mitte stand ein Sessel mit hölzernen Armlehnen, über den eine alte, verschossene Diwandecke aus Samt drapiert war: ein Thron. Jemand gongte auf einer Pfanne.

V.

Der Wirt verbeugte sich tief vor dem Schwarzen, der ihn verstört anglotzte. Hinter den Tischen erhoben sich stumm die Gäste. Coco versuchte seitwärts an die Wand auszuweichen, aber der Wirt nahm ihn an die Hand und führte ihn zu dem drapierten Stuhl.

»Dies ist heute abend dein Platz, Coco«, sagte er.

»Nein«, sagte Coco hastig, »mein Platz ist dort in der Ecke, wo ich immer sitze. Aber jetzt gehe ich heim.«

Doch schon drückte ihn der Wirt in den Thronsessel, daß der Vorhang nur so stäubte. Ein feierlicher Marsch ertönte aus der Musikbox. Würdevoll erhob sich der Kolumbianer, schritt auf Coco zu, verbeugte sich vor ihm und begann zu sprechen:

»Du hast jetzt, Don Pepe Amado, den Vulkan gesehen und hast erfahren, was für ein Bulle von Berg er ist. Dieser Feuerspeier gehörte bisher mir. Nun aber, da ich außer Landes ziehen und nicht wiederkehren werde, kann ich ihn nicht mehr behalten. Denn er muß beherrscht werden, er muß wissen, daß jemand da ist, der ihn regiert und dem er gehorchen muß. Ich habe lange jemanden gesucht, der würdig wäre, ihn zu besitzen. Er darf nämlich nie verkauft, sondern immer nur verschenkt werden. Ein solcher Berg ist zu gewaltig, als daß man ihn verkaufen könnte. Aber heute, endlich, habe ich einen Menschen gefunden, dem ich ihn freudigen Herzens übergebe, denn er verdient es. Das bist *du*. Ich schenke dir den Vulkan.«

Coco klammerte sich an den Stuhl und starrte den Kolumbianer erschrocken an, während die Gäste mit todernsten Gesichtern einen Kreis um die beiden Männer schlossen. Der Kolumbianer forderte Coco auf, sich zu erheben.
»Vor allen diesen Zeugen übergebe ich dir in diesem Augenblick den Vulkan von Leticia, Macaruco, als Geschenk zu treuen Händen«, rief er.
Die Männer schüttelten Coco die Hände und beglückwünschten ihn.
Nur langsam begriff er: Ab heute war er der Besitzer des Vulkans. Ihm, Coco, ihm, dem Mozo des Griechen, gehörte von nun an der Berg über der Stadt Leticia, ihm allein, samt dem Feuer im Kraterschlund, samt Lohe und Gestank!
»He, Coco, was sagst du dazu? Wie fühlst du dich?«
Da breitete er seine Arme aus und brüllte: »Mir gehört er! Mir! Mir allein!«
»Auf den Tisch, Coco!« schrie der Kolumbianer.
Sie schoben einen Tisch in die Mitte und halfen ihm hinauf. Da stand er nun, und die Gäste umdrängten ihn und riefen: »Viva Coco!« und »Lang lebe der Besitzer des Macaruco!« und »Laß dich nicht unterkriegen von ihm!«
Bis hinaus in die Gasse war der Tumult zu hören und lockte neue Gäste an. Edulia rannte hochrot mit Tabletts voller Gläser, Teller und Schüsseln hin und her. Die Hochstimmung machte die Gäste freigebig.
»Gleich morgen früh mußt du hinaufsteigen!« rief

Don Sócrates Coco zu. »Sonst gerät der Berg außer Rand und Band!«
»Hinaufsteigen soll ich?« rief Coco erstaunt von seinem Tisch herunter. Daran hatte er nicht gedacht.
»Ja, glaubst du denn, er ließe sich von hier aus regieren?« rief der Kolumbianer. »Auf seinem Gipfel mußt du stehen und in seinen Schlund spucken! Nur dann kuscht er!«
Coco nickte gehorsam und bemühte sich, keinen Ratschlag zu vergessen. »Aber wie soll ich da hinaufsteigen?« rief er. »Ich habe nicht einmal einen Hut.«
Der Serbe riß sich seinen Strohhut vom Kopf und warf ihn Coco zu: »Da hast du einen. Trag ihn in Gesundheit!«
Es war der schönste und teuerste Hut im ganzen Lokal, und da wollte keiner zurückstehen. Ein Hemd flatterte auf Cocos Kopf, ein Gürtel blieb an seiner Schulter hängen. Zu seinen Füßen häuften sich die Geschenke: Schuhe, drei Krawatten, Socken, eine Jacke. Dies und das fiel herab und flog erneut hinauf, und er sprang auf dem Tisch umher und reckte sich, um den Segen einzufangen. Die Männer wieherten vor Lachen.
»Umziehen soll er sich!« riefen ein paar Gäste.
»Ja«, schrie der Kolumbianer, »zieh dir die neuen Sachen an. Wir wollen sehen, wie sie dir stehen!«
Coco wollte vom Tisch herabklettern, aber die Gäste protestierten: »Auf dem Tisch, Coco, auf dem Tisch! Wir sind ja unter uns, und für Edulia ist das nichts Neues.«

Coco sträubte sich, aber sie zwangen ihn, sich vor aller Augen auszuziehen. Die verschlissenen Lumpen fielen herab und blieben wie ein Ring um seine Füße liegen. Er, der bisher so einsam gelebt hatte, schämte sich wie ein Kind.

Doch bald stand er wie verwandelt da, nicht mehr wiederzuerkennen in seiner neuen Pracht: weiße Hose, weiße Jacke, rotes Hemd – und auf seinem dicken Kraushaarschädel das weiße Rad des Hutes wie ein Glorienschein.

Der ganze Kreis applaudierte.

»Schön bist du, Coco, weiß der Henker!« rief der Devotionalienhändler.

Das ist wahr, dachte Edulia, er stellt was dar.

»Und was wird er essen, dort oben?« kreischte sie in das Getümmel hinein. »Da schickt ihr ihn hinauf wie einen Fürsten, und oben wird er vor Hunger krepieren. Soll er etwa in die Lava beißen, meine Herren? Er braucht Proviant!«

»Jawohl, er braucht Proviant!« kam das Echo aus dem Saal.

Sie holte eine Salatschüssel aus der Küche und gab sie herum. Man muß diese Luder melken, dachte sie, solange sie noch Lust an dem Spiel haben.

Niemand gab die Schüssel weiter, ohne wenigstens ein paar Centavos hineingeworfen zu haben. Aber den meisten hatte das Bier das Herz groß gemacht, sie ließen sogar Scheine in die Schüssel flattern und lachten dabei.

Der Wirt kramte eine Geldbörse aus der Theke, die

jemand irgendwann vergessen und nie mehr abgeholt hatte. Sie erwies sich als zu klein für alle die Scheine und Münzen, und so holte der Koch noch eine Tüte aus der Küche und wickelte den Rest da hinein. Edulia trug Börse und Tüte auf hocherhobenem Tablett durch den Raum und steckte Coco die Schätze in die Jackentaschen, bis sie prall abstanden.

»Trink!« rief sie und reichte ihm Bier hinauf. »Du vertrocknest sonst.«

»Die Madonna soll euch allen gnädig sein«, schluchzte Coco.

»Und du?« fragte Don Cosme die Kellnerin. »Was spendest *du* ihm?«

»Laßt mich in Frieden«, sagte Edulia.

»Wir haben ihm Geld und Kleider gegeben«, sagte Don Cosme, »und Don Emilio rückte sogar eine Börse heraus. Auch du könntest aus diesem Anlaß einmal großzügig sein. Spendier ihm den Rest der Nacht!«

Edulia winkte energisch ab. Cocos unschuldige Schönheit hatte sie verwirrt.

»Du bist eine Heidin, Edulia«, sagte der Kolumbianer. »Keine Spur von Erbarmen im Leib.«

Da seufzte sie und ergab sich.

»Es lebe Edulia, die wackere Trösterin!« rief der Serbe und kniff sie in die Wange.

»Komm runter«, sagte der Kolumbianer zu Coco, »und geh mit ihr. Sie kann's. Sie ist wirklich gut.«

Aber der Wirt erhob Einspruch. Er brauche Edulia noch zum Servieren. Coco laufe ja nicht davon.

Sie hatte wirklich viel zu tun. Die Küchenfrau mußte mit einspringen. Auch der Wirt servierte, denn der Saal war inzwischen noch voller geworden. Die Stühle reichten nicht mehr. Mehrere Gäste lehnten an der Wand.
»Eine schöne Nacht«, sagte einer, der mit auf dem Dach gewesen war. »Eine Nacht, von der man noch in der Sterbestunde träumen wird.« Er zeigte mit einer großen Geste auf den Schwarzen. »Seht, was für ein Mensch!«
»Und was, wenn Coco wirklich auf den Berg marschiert?« flüsterte Don Cosme dem Wirt zu.
»Siehst du nicht, daß er voll ist?« antwortete der Wirt. »Der hat bis morgen früh alles vergessen. Oder er bildet sich ein, er habe geträumt.«
Das bezweifelte Don Cosme. Schließlich hatte Coco sogar in nüchternem Zustand an Wunder geglaubt.
»Und wenn«, sagte der Wirt und zuckte die Schultern. »Soll er sich meinetwegen einbilden, der Berg gehöre ihm. Sein Boß läßt ihn sowieso nicht fort. Darauf kannst du dich verlassen.«
Als sich die Kneipe spät in der Nacht allmählich lehrte und Edulia den Herrn des Vulkans mit in ihre Kammer nehmen sollte, lag er längst wie ein Sack auf dem Fußboden und schnarchte. Nach langem Hin und Her schafften sie ihn zurück aufs Dach. Hier störte er niemanden, und die Hunde konnten nicht an ihn heran. Mochte er dort kotzen, soviel er wollte. Das stank nur gegen den Himmel, und am nächsten Morgen trocknete es die Sonne.

Während sich die Gäste, zufrieden mit der gelungenen Nacht, langsam verliefen, lag Coco mit ausgebreiteten Armen und gespreizten Beinen unter einem verglühenden Sternenhimmel. Fern leuchtete der Vulkan. Auf der Brust des Schlafenden hob und senkte sich mit jedem Atemzug der weiße Strohhut des Serben.

VI.

Als die Sonne aufging, erwachte Coco.
Er blinzelte in den nackten Himmel. Er entdeckte den Hut, der jetzt neben ihm lag, sah sein rotes Hemd, die weiße Hose, die gestreifte Krawatte. Und Schuhe waren an seinen Füßen! Verwirrt erhob er sich und schaute sich um. Der Kegel, der sich über der Stadt erhob, glühte in der Morgensonne.
Nun erinnerte er sich. Er war über Nacht ein reicher Mann geworden. Der Vulkan gehörte ihm, er war sein Herr! Er hob die Arme und winkte ihm zu. Er versuchte zu singen, aber die Stimme schnappte ihm vor Freude über. Dann setzte er den Hut auf und stolzierte auf dem Dach hin und her. Er betrachtete seine Krawatte. Was wird der Patrón sagen, dachte er, wenn er mich so sieht?
Dann beugte er sich vor und bewunderte seine neuen Schuhe. Das Geld in seinen Taschen war ihm unwichtig. Was war das schon. Geld hatte jeder. Aber einen Berg, noch dazu einen so großen und besonderen mit Feuer im Bauch – nein, das Glück war über ihn hereingebrochen und erfüllte ihn so, daß er fast barst.
Als er, über die Brüstung gelehnt, den Griechen tief unter sich den Laden aufschließen sah, faßte er den gewaltigsten Entschluß seines Lebens.
Er tastete sich durch das schäbige Treppenhaus hinab bis in den halbdunklen Korridor, drückte ein paar

Klinken herunter, spähte in den menschenleeren Schankraum, in einen Abort, in eine Rumpelkammer. Er stolperte in den Hinterhof und wieder zurück in den Korridor, an dessen anderem Ende er durch eine Tür die Schritte der Passanten auf der Gasse, das Geratter eines Karrens und Hundegebell hören konnte. Er rüttelte an der Klinke, drehte den Schlüssel, fand endlich den Riegel, schob ihn zurück und taumelte auf die blendendhelle Gasse. Er überquerte die Gasse und öffnete die Tür zum Obstladen.

Der Grieche, der ihn im ersten Augenblick nicht erkannte, fragte ihn devot nach seinen Wünschen. Plötzlich wurde sein Blick starr. Mit einem Sprung war er an der Ladentür, schloß sie ab und fuhr seinen Mozo an: »Was soll das heißen?«

»Heute nacht hat mir einer den Vulkan geschenkt«, antwortete Coco.

«Was für einen Vulkan?« fragte der Grieche erstaunt.

»Den Macaruco.«

»Sei nicht albern«, sagte der Grieche. »Da hat sich jemand einen Spaß mit dir gemacht.«

»Das war kein Spaß«, sagte Coco. »Sie haben mir auch Kleider und Geld geschenkt, damit ich zu ihm hinaufsteigen kann.«

»Und du glaubst an diesen Unfug?« rief der Grieche gereizt. »Einen Vulkan kann man nicht verschenken. Los, geh auf den Hof. Es sind Kokosnüsse angekommen. Du hättest schon längst an der Arbeit sein müssen. Meinst du, ich halte mir einen Mozo, damit er sich nachts in den Kneipen herumtreibt?«

»Aber sie haben ihn mir wirklich geschenkt«, beharrte Coco und blieb stehen.
»Besoffen haben sie dich gemacht«, schrie ihn der Obsthändler an. »Ihren Spaß mit dir getrieben. Du glaubst auch alles!«
»Ja«, sagte Coco ernst. »Auch Ihnen habe ich alles geglaubt. Aber Sie haben mich belogen. Sie haben gesagt, das Licht sei der Schutzengel. Jetzt glaube ich Ihnen nichts mehr.«
»Du Trottel, das war doch ein Scherz!« kläffte der Grieche.
»Aber Sie haben gewußt, daß ich's Ihnen glaube«, sagte Coco.
Es klopfte an die Ladentür. Jemand spähte neugierig durch das Schaufenster.
»Mach, daß du auf den Hof kommst!« schnauzte der Grieche den Schwarzen an, während er die Ladentür aufschloß. »Ich brauche die Kokosnüsse!«
Coco verließ den Laden durch die Hintertür, stieg zum Speicher hinauf, zog den Koffer unter der Pritsche hervor, klappte ihn noch einmal auf, um sich zu vergewissern, daß die Madonna darin war, verschloß ihn wieder und stapfte mit ihm die Treppe hinunter. Mitten im Hof stellte er ihn ab und öffnete die Tür zum Laden.
»Ich gehe jetzt«, sagte er.
Der Grieche, der sich gerade zwischen Indiofrauen über eine Orangenkiste beugte, richtete sich auf und fragte erstaunt: »Wohin?«
»Auf den Vulkan«, sagte Coco ruhig. Er sah dem

Griechen ins Gesicht. Der warf die Orangen samt der Tüte in die Kiste zurück und schob den Schwarzen rückwärts aus der Tür.
»Untersteh dich zu gehen!« schrie er. »Darüber habe ich zu bestimmen! Du gehörst mir und sonst niemandem!«
Coco antwortete nicht, sondern griff nach seinem Koffer und steuerte auf die Hofeinfahrt zu. Der Grieche rannte ihm nach und stellte sich ihm in den Weg.
»Du willst also wirklich gehen?« fragte er ungläubig.
»Ich muß«, antwortete Coco. »Der Berg muß seinen Herrn spüren, hat mir der gesagt, der ihn mir geschenkt hat.«
»Erst spürst du aber mich!« brüllte der Grieche, griff nach einem Kistendeckel, der neben ihm lag, und wollte auf den Schwarzen einschlagen. Der streifte ihm mit einer lässigen Handbewegung den Deckel aus der Hand, warf ihn hinter sich und öffnete das Tor.
»Was willst du denn dort draußen?« rief der Grieche schrill. »Du bist doch nicht für diese Welt geschaffen. Fertigmachen wird sie dich, fix und fertig! Das kann sie nämlich. Darin ist sie groß!«
Coco verstand nichts von diesen Worten. Aber er bemühte sich auch nicht, sie zu verstehen.
Jetzt klammerte sich der Grieche an sein Hemd. »Was bist du ohne einen Patrón, dem du gehorchst?« heulte er.
»Ich bin jetzt selber ein Patrón«, antwortete Coco.

»Der Berg wird dir eins husten!« schrie der Grieche. »Mit dem wirst du nie fertig! Der macht *dich* fertig!«
»Ich bin sehr stark«, sagte Coco.
»Begreif doch«, jammerte der Grieche. »Was ist schon ein Mann gegen so einen Berg? Nie hat er jemandem gehört, und auch dir wird er nicht gehören!«
»Sie lügen«, sagte Coco.
»Also gut«, sagte der Grieche, »wenn du willst, werde ich ihn für dich verwalten. Ich versteh mich besser aufs Herrsein als du.«
»Sie?« rief Coco und grinste. »So klein, wie Sie sind? Der, der ihn mir geschenkt hat, hat gesagt: Der Berg braucht einen starken Herrn.«
»Ich bessere dir deinen Lohn auf, wenn du hierbleibst«, sagte der Grieche hastig.
»Ich brauch dein Geld nicht«, sagte Coco gelassen. »Ich hab selber Geld genug.«
Der Grieche fuhr auf: »Was fällt dir ein, mich zu duzen?«
»Ich bin jetzt ein Patrón«, antwortete Coco. »Und du hast Angst.« Er schüttelte ihn ab und trat durch das Tor.
»Das kannst du nicht machen!« kläffte ihm der Grieche nach. »Überleg doch: Du warst noch nicht fünfzehn, als du zu mir kamst, und so viele Jahre bist du bei mir gewesen, fünfzehn oder zwanzig. Du kennst mich, und ich kenne dich. Da kann man doch nicht so Knall auf Fall fortlaufen, einfach eines Morgens auf und davon!« Er packte Cocos Hand und versuchte, sie

festzuhalten. »Bleib hier, wo du zu Hause bist und wo du jeden Stein kennst, jede Wand und alle meine Launen.«
Coco schwieg.
»Bitte«, sagte der Grieche.
Aber Coco hörte ihm schon nicht mehr zu. Mühelos zog er seine Hand aus den schweißigen Fingern des Obsthändlers, der jetzt nur noch mies und erbärmlich zwischen neugierigen Gesichtern hinter ihm her zeterte:
»Du wirst in der Stadt herumirren und mich suchen, mich, zu dem du gehörst wie die Tür zum Haus, wie der Schwanz zum Hund. Freu dich auf den Tag, an dem du hier wieder angekrochen kommst. Dann schlag ich dir deine schwarze Schwarte von den Knochen, du verdammter Kerl!«
Er scheuchte die Kunden aus dem Laden, sperrte ihn ab und ließ sich an diesem Tage nicht mehr sehen.

Der Moritat zweiter Teil

I.

Schon an der übernächsten Straßenkreuzung verlor Coco die Richtung. Wagen brausten an ihm vorüber, Leute drängten ihn beiseite. Unschlüssig blieb er eine Weile stehen und schaute verloren um sich, bis er sich wieder an seinen Berg erinnerte. Er entschloß sich, jemanden nach dem Weg zu fragen. Doch die Leute hasteten so schnell an ihm vorüber, daß er sich nicht traute, jemanden anzusprechen.

Da stieß er auf zwei Männer, die sich mitten in dem Strom niedergelassen hatten und sich laut gestikulierend unterhielten. Sie hockten auf ihren Fersen und lehnten sich gegen ein geparktes Auto. Coco schob sich an sie heran, hockte sich neben sie und hörte ihnen zu. Die beiden waren so in ihr Gespräch vertieft, daß sie ihn nicht bemerkten.

»Ich habe sie vertrimmt«, sagte der Ältere, ein Mann mit einem sehr kleinen Kopf und abstehenden Ohren. »Sie hat geschrien wie am Spieß und mich gekratzt und gebissen. Schau her!«

Er zog sein Hemd von der Schulter. Da war ein ovaler blauer Fleck. Coco beugte sich auch darüber.

»Aber dann kam sie zur Vernunft«, fuhr der Gebissene fort. »Sie hat alles eingesehen und ist vor mir auf die Knie gefallen. Die Füße hat sie mir sogar geküßt, die Waden bis hinauf zu den Kniekehlen.«

»Und jetzt?« fragte der andere, ein fetter Mulatte.

»Jetzt wohnt sie bei mir. Den anderen hat sie laufenlassen. Ich sage dir, so was wie die gibt es kein zweites Mal. Sie kann unglaublich wild sein. Schau, das Ohr hat sie mir auch eingerissen.«

Coco betrachtete das Ohr aufmerksam.

»Na«, sagte der Mulatte zu ihm, »das interessiert dich wohl, wie? Ich hatte auch mal eine so wilde. Und mager dabei. Mir vergingen Hören und Sehen.«

Sie schwiegen einen Augenblick.

»Ich suche den großen Vulkan«, sagte Coco.

»Wer sucht ihn nicht?« rief der mit dem kleinen Kopf. »Aber laß man. Meine Jetzige ist wirklich ein kleiner Vulkan. Sie heizt mir tüchtig ein.«

Coco verstand nicht recht, was der andere meinte.

»Heute morgen hab ich ihn noch gesehen, aber jetzt ist er weg«, sagte er.

»Wer?« fragten beide Männer gleichzeitig.

»Von welchem Vulkan sprichst du?« fragte der Mulatte.

»Ich suche den großen, der nachts leuchtet. Der gehört nämlich mir.«

»Wenn du dich über uns lustig machen willst«, knurrte der mit dem kleinen Kopf, »dann mußt du dir andere suchen. Ich habe mich schon die ganze Zeit gewundert: Hockt sich da einer einfach neben uns und hört zu. Hau ab! Verschwinde, und zwar sofort!«

Coco trottete erschrocken davon. Er drehte sich noch ein paarmal um und sah, daß sie ihm mit den Fäusten drohten.

Er trabte um eine Ecke. Von weitem leuchtete ihm eine Litfaßsäule entgegen. Ein Plakatkleber klatschte

gerade Leim auf die Säule, zog ein Plakat aus einer Papprolle, entrollte es, klebte es auf und strich es glatt. Coco blieb stehen. Er traute seinen Augen kaum: Da war sein Berg! Auf hellblauem Grund die Stadt, stilisiert, und darüber der Vulkan. Was an Buchstaben daraufstand, konnte er nicht lesen, aber ohne Zweifel handelte es sich um seinen Macaruco.
»Na«, sagte der Plakatkleber, »was gibt's denn da so Schönes?«
Der Schwarze tippte auf den Vulkan.
»Der?« fragte der Plakatkleber und schaute kaum hin. »Auf jedem zweiten Plakat ist er drauf. Leticia ohne den? Undenkbar. Jedes Reisebüro bringt ihn, jede Brauerei braucht ihn als Hintergrund für ihre Flaschen. Mein Sohn geht seit dem Herbst zur Schule, und was malt er schon in der ersten Klasse? Den Macaruco. Sogar auf den Wahlplakaten spreizt er sich: Als ob Leticia nichts Besseres hätte als ihn, auf den kein Verlaß ist!«
»Gib mir so ein Bild«, bat Coco.
»Das kann ich nicht«, antwortete der Kleber. »Sie sind abgezählt.«
»Ich bezahl es dir«, sagte Coco.
»Wieviel?« fragte der Kleber hastig.
»Zwei Cruces.«
»Du bist plemplem«, sagte der Kleber. »Aber bitte, wenn's dir Spaß macht, für diesen Blödsinn zwei Cruces auszugeben. Ich hab nichts dagegen.«
Coco stellte den Koffer ab, zog den Geldbeutel aus seiner Jackentasche und fischte umständlich zwei

Cruces heraus. Darauf zerrte der Kleber ein Plakat aus seiner Rolle und übergab es ihm. Coco nahm wieder seinen Koffer auf und zog beglückt ab. Jetzt konnte er allen Leuten zeigen, was er suchte. Es würde keine Mißverständnisse mehr geben.
Plötzlich fiel ihm ein, daß er den Mann nach dem Weg zum Vulkan hätte fragen können. Er drehte sich um, aber der war mit seinem Karren schon verschwunden.
Unter dem Arm die lange Rolle, in der Hand den Koffer, geriet Coco unversehens in eine Gruppe junger Leute, die ihn mitriß. Er wollte stehenbleiben, wollte erst nach links, dann nach rechts ausweichen, aber es gelang ihm nicht mehr. Von hinten schoben sie ihn, und einer neben ihm rief: »Komm mit, du hast doch Muskeln – oder?«
Ein anderer hakte sich bei ihm ein und keuchte: »Es dauert nicht lange. Du mußt fest zuschlagen. In der Bolívar-Allee eröffnen sie ein neues Parteilokal. Dabei wollen wir ein bißchen stören.«
»Aber ich will auf den Vulkan«, sagte Coco und stemmte sich gegen den Strom.
»Du denkst nicht politisch«, sagte der Bursche, während er Coco mitzerrte. »Da müssen alle privaten Interessen zurückstehen. Oder willst du etwa, daß die Radikalen noch größeren Einfluß gewinnen, Mann?«
»Ich will auf den Vulkan«, sagte Coco und drehte sich um. Es gab eine Stauung. Von rückwärts drängten und schoben jetzt viele.

II.

Der Wagen hielt auf einer Plaza. Coco kletterte zusammen mit den anderen von der Rampe. Als er, den Koffer fest an sich gepreßt, wieder auf der Straße stand und den Kopf hob, sah er vor sich, gut sichtbar über den Dächern der gegenüberliegenden Plazafront, den Vulkan aufragen.

»Da ist er!« rief er und deutete mit dem Finger auf den Horizont. »Sehr nahe seid ihr ja nicht an ihn herangefahren, aber das macht nichts. Ich gehe jetzt. Danke schön auch.«

Er schwenkte den Koffer und trottete los.

»He, sollen wir dich abknallen wie einen Hund?« schrie ein Polizist, während sich die Männer in einer langen Reihe aufstellen mußten. Die Polizisten knufften und fluchten.

»He, du bist auch gemeint!« rief der Polizist Coco nochmals zu.

Der drehte sich ein paarmal hilflos um sich selbst, bis ihn einer in die Reihe schubste. Dann wurden sie in den glühendheißen Innenhof der Polizeistation geführt und mußten dort wieder in einer Reihe antreten. Coco überragte alle anderen um ein gutes Stück. Schweiß lief ihm über den Schädel. Während die Häftlinge den Korporal anstarrten, der die Halbwüchsigen ausschied und sich ein paar Leute vornahm, die beteuerten, sie seien nur aus Zufall unter die Demonstranten geraten, schaute Coco nach sei-

nem Vulkan aus. Aber hier in dem Häusergeviert war er nicht mehr zu sehen.
Die Aussortierten wurden hinausgejagt, die übrigen durften sich in den Schatten zurückziehen. Dort war es nicht viel kühler. Coco starrte trübsinnig auf seinen Koffer, über dem er nun wieder breitbeinig stand. Eine zweite Gruppe von Delinquenten wurde hereingetrieben und aussortiert. Ein dritter Transport traf eine halbe Stunde später ein. Die Reihe im Schatten wuchs auf mehr als siebzig Mann an, aber Coco war immer noch der größte von ihnen.
Niemand kümmerte sich mehr um sie, außer den Posten, die die Einfahrt bewachten und auch den Innenhof im Auge behielten. Ein Leutnant räkelte sich vor der Tür des Polizeibüros im Schaukelstuhl. Ab und zu hob er die Hand und wedelte lässig die Mücken fort. Auch ihm, der im Schatten saß, hatte der Schweiß das Hemd durchnäßt. Die Sonne ließ das Pflaster flimmern. Ein Mann nach dem anderen kauerte sich nieder. Nach einer halben Stunde stand nur noch Coco.
Ein Köter, dem die Rippen aus dem Leib standen, trippelte von der Straße herein, beroch den Leutnant und erhielt einen Tritt. An der Wand entlang, im Schatten, schob er sich an die Häftlinge heran. Er umschnüffelte die Hockenden, und als er an Coco geriet, hob er das Bein und besprühte den Koffer. Die Männer kicherten.
»Ein vornehmer Hund«, sagte einer. »Der pinkelt nur gegen Koffer.«

Coco schaute den Hund überrascht an und sah ihm nach, als er davonstrich und sich wieder dem Schaukelstuhl näherte. Der Leutnant ließ eine Hand von der Lehne herabhängen. Der Hund beleckte sie. Zerstreut streichelte der Leutnant den Hundekopf, ohne hinzuschauen, aber dann winkte er plötzlich der Wache und deutete auf den Köter. Die beiden Polizisten fuhren hoch und machten sich daran, das Tier aus dem Hof zu jagen. Doch immer im letzten Augenblick schoß es seinen Verfolgern zwischen den Beinen durch. Als sie es zur Einfahrt hintrieben, brach es kurz vor dem Torbogen aus und rettete sich in die Gruppe der Festgenommenen, die die Treibjagd interessiert verfolgten und schadenfroh grinsten. Wieder scheuchten die Polizisten das Hündchen vor sich her und hatten es schon unter dem Tor, da gelang es ihm noch einmal zu entwischen. Es rannte zurück in den Hof und verkroch sich unter dem Schaukelstuhl.

Das Gelächter der Häftlinge wurde lauter. Keiner döste mehr, alle hielten zu dem Hund, auch Coco, dessen Koffer er doch bepinkelt hatte. Der Leutnant, unter dem der Hund hockte, starrte scheinbar gleichgültig in die Luft, während die Polizisten mit ihren Gewehren unter dem Schaukelstuhl herumstocherten. Der Hund jaulte jammervoll, wich aber nicht.

»Fifi, Fifi!« lockten die Häftlinge, aber der Hund heulte nur noch lauter, ohne seinen Platz unterm Schaukelstuhl preiszugeben. Ein Polizist kniete sich vor die Füße des Leutnants und faßte zwischen dessen Beinen durch. Der andere lag hinter dem Schaukelstuhl auf dem Bauch und versuchte seinerseits, den Hund zu packen. Der aber schlüpfte seitlich heraus, und als sich die Polizisten erhoben und den Staub von den Knien geklopft hatten, kroch er wieder darunter. Nun hielt keiner der Männer mehr an sich. Der Hof hallte wider von ihrem Gelächter.

Da sprang der Leutnant plötzlich auf, zog den Säbel und stieß ihn unter den Schaukelstuhl.

Das Gelächter brach jäh ab. Der Hund jaulte auf, dann verstummte er. Der eine Polizist zog ihn an den Hinterbeinen unter dem Stuhl hervor und schleifte ihn durch das Tor hinaus auf die Straße, wo er ihn mit Schwung in eine Mülltonne warf. Der andere trug den blutigen Säbel fort, um ihn zu waschen. Der Leutnant, sehr bleich, ließ sich in den Schaukelstuhl sinken, erhob sich aber kurz darauf wieder und rannte mit großen Sätzen ins Haus. Es dauerte lange, bis er, noch immer grünlichblaß, in seinen Stuhl zurückkehrte, wo er sich schlafend stellte.

Die Aufregung war abgeklungen, die Gefangenen dösten wieder. Nur Coco war hellwach. Seine Geduld war zu Ende. Er griff nach dem Koffer, schritt auf den Leutnant zu und sagte: »Ich muß jetzt gehen. Ich hab's noch weit.«

Im Hof wurde es totenstill. Coco entfernte sich immer weiter vom Leutnant. Alle sahen, wie sich dessen Gesicht verkrampfte.

»Scher dich sofort auf deinen Platz!« schnarrte einer der beiden Wachen hinter Cocos Rücken und drückte ihm den Gewehrlauf ins Kreuz.

»Herr Leutnant!« rief der andere.
»Ach laßt ihn doch abhauen, Teufel nochmal, was regt ihr euch so auf?« rief der Leutnant schrill zu ihnen hinüber. »Der ist doch plemplem. Und auf einen mehr oder weniger kommt es schließlich nicht an.«
Die Wachen kehrten auf ihre Plätze zurück. Unerforschlich waren des Herrn Leutnants Gedankengänge und Entschlüsse, man mußte sie nehmen, wie sie kamen. Coco grinste.
In diesem Augenblick bog ein Jeep in die Einfahrt ein und bremste scharf. Coco sprang erschrocken zur Seite. Die Wachen salutierten. Ein Offizier beugte sich aus dem offenen Wagen.
»Wer ist das?« fragte er und zeigte auf Coco, der ihn neugierig anglotzte. »Etwa einer der Radaumacher von heute morgen? Wer hat die Erlaubnis erteilt, ihn laufen zu lassen? Jagt ihn zurück zu den anderen! Ich habe den Befehl gegeben, alle Verdächtigen hierzubehalten, bis ich komme. Verdammt nochmal, wozu befehle ich etwas, wenn es nicht ausgeführt wird?«
Die Wachen stießen Coco vor sich her, bis er wieder bei den anderen Gefangenen stand. Er begriff nicht, was mit ihm geschah. Er begriff auch nicht, warum der Major erregt auf den Leutnant einsprach, der nun stramm vor dem Schaukelstuhl stand, und auf Coco deutete, und warum der Leutnant die Achseln zuckte und sich mit einem Blick auf Coco an die Schläfe tippte.
»Ich muß weiter«, sagte Coco laut. »Der Vulkan darf nicht so lange allein bleiben.«

Jemand stieß ihm den Ellbogen in die Rippen. Aber er konnte nicht länger warten. Alle Gesichter drehten sich ihm erschrocken zu, als er quer über den Hof schritt und dem schmächtigen Major, der ihm den Rücken zudrehte, auf die Schulter tippte. Der wandte sich empört um und schaute zu Coco auf.
»Es war sehr schön hier«, sagte der Schwarze, »aber jetzt muß ich gehen. Auf Wiedersehen.«
Der Major war sprachlos. »Hiergeblieben!« herrschte er Coco an. »Das würde dir so passen, das ganze Viertel aufzuwiegeln und durcheinanderzubringen und dann den Blöden zu spielen! Was hast du in deinem Koffer? Flugblätter? Waffen?«
»Eine Madonna«, antwortete Coco.
Der Major winkte die beiden Wachen herbei und befahl ihnen, den Koffer zu öffnen.
Sie rissen Coco den Koffer aus der Hand, warfen ihn auf den Boden und öffneten ihn. Der Schwarze beugte sich vor und achtete auf ihre Hände. Erst als zwischen den Lappen das zartblasse Gesicht erschien, richtete er sich wieder auf. Aber nun bückte sich der Major und betastete die Gipsfigur. Coco stand wie ein Tiger auf dem Sprung.
In einem weiten Halbkreis drängten sich die Gefangenen heran. »Wie schön«, flüsterte einer.
»Er ist raffinierter, als ich dachte«, sagte der Major. »Die Madonna wird hohl sein. Er rechnet mit dem religiösen Respekt der Polizei. Aber wir sind nicht so dumm, wie du denkst, Mann, wir haben dich durchschaut. Brecht die Figur auseinander!«

Die beiden Polizisten zögerten.

»Es ist keine beliebige Figur, sondern eine Madonna«, sagte einer der beiden.

»Wer weiß, ob einem die Madonna das nicht übelnimmt«, sagte der andere.

»Wenn die Madonna hier etwas übelnimmt«, sagte der Major, »dann ist es der Umstand, daß man sie für solche Machenschaften eingespannt und ausgenutzt hat. Gegen die Radikalen! Es ist unglaublich. Also: Wenn ihr Memmen seid, zerbreche ich sie selber. Aber ihr bekommt ein Verfahren an den Hals wegen Befehlsverweigerung!«

Den beiden Polizisten trat der Schweiß auf die Stirn. Sie schauten hilfesuchend ihren Leutnant an, aber der zuckte die Schultern. Da sagte der eine: »Ich kann's nicht. Ich hab sie um einen Sohn gebeten. Ich hab nämlich schon vier Töchter. Mach ich das da, dann ist sie verärgert, und es wird wieder nichts.«

»Und mir hat sie die Mutter gesund gemacht,« sagte der andere. »Ich will nicht undankbar sein.«

»Gib den Knüppel her!« schnaubte der Major.

Der Polizist hakte zögernd den Knüppel aus dem Koppel und reichte ihn dem Major.

Der Kreis der Häftlinge schloß sich so eng um den Koffer, daß die Polizisten gegen Coco gedrückt wurden.

»Zurück da, ihr Kerle, in die Reihe, wo ihr hingehört!« rief der Major und hob den Knüppel.

»Nein!« brüllte Coco und riß dem Major den Knüppel aus der Hand.

Die Gefangenen johlten. Coco aber warf im gleichen Augenblick den Knüppel fort, beugte sich über den Koffer und packte die Madonna liebevoll wieder ein. Dann schloß er den Koffer, klemmte ihn zwischen die Füße und richtete sich auf.
Als er sich umblickte, war rings um ihn eine wilde Prügelei im Gange. Die Gefangenen hatten sich über den Major hergemacht. Seine Mütze wirbelte durch die Luft. Sein Wagen wurde umgekippt. Scheiben flogen durch die Luft. Die Polizisten versuchten verzweifelt, ihn zu befreien, aber gegen diese Übermacht konnten sie nichts ausrichten. Mit zerzaustem Haar stürzte der Leutnant atemlos in die Wachstube ans Telefon, um Verstärkung herbeizurufen. Der Fahrer des Majors stolperte auf die Einfahrt zu. Ein Häftling holte ihn ein und trieb ihn zurück. Ein paar Burschen schleiften den Leutnant heraus und schlugen auf ihn ein.
Coco beteiligte sich nicht an der Schlägerei. Er nahm seinen Koffer und trottete durch die unbewachte Einfahrt hinaus auf die Plaza. Mit einem tiefen Seufzer der Freude begrüßte er seinen Vulkan. Niemand mehr hielt ihn auf, und er schaute sich auch nicht mehr um. So sah er nicht, wie die Gefangenen, nun frei, aus dem Torbogen stürzten und sich in den Gassen rings um die Plaza verliefen. Er hörte auch nicht die Sirenen der Polizeiwagen. Er sah nur den Berg und wanderte ihm entgegen.

III.

Er geriet in eine enge Gasse. Als sie eine Biegung machte, hatte er den Berg plötzlich wieder verloren. Kinder spielten mit Papierschiffen im trüben Gewässer eines offenen Kanals, der sich zwischen den Häusern hindurchzwängte. Alle waren nackt und schmutzig. Sie quietschten vor Vergnügen, wenn die Schiffe in die Strömung gerieten und in dem runden, dunklen Loch, das das Wasser unter der Straße hindurchleitete, verschwanden.
Coco setzte sich neben den Koffer auf die Böschung, stützte die Ellbogen auf die Knie und den Kopf in die Hände und starrte in das Kanalloch unter der Straße. Er fühlte sich wohl. Er war auf dem Weg zu seinem Vulkan.
Es war sehr heiß geworden, das Hemd klebte ihm am Rücken. Glocken läuteten zur Mittagsstunde, in der Nähe bimmelten Straßenbahnen.
Er stand auf und ging weiter. Die Häuser wurden wieder größer und stattlicher, die Gasse überzog sich mit Asphalt. Er begegnete ein paar Schulkindern. Sie trugen ihre Bücher in Riemen und waren sauber gekleidet, und nicht einmal die Kleinsten unter ihnen liefen nackt herum.
Auf einer kleinen Plaza fragte er einen Mann, der an einer Mauer lehnte und Zeitung las, nach dem Vulkan.
»Meinen Sie den Macaruco?« fragte der zurück und

warf einen trüben Blick auf Coco. »Der ist dort.« Er deutete mit dem Kinn geradeaus.
Coco schaute in die angegebene Richtung. Der Mann ließ die Zeitung sinken.
»Wollen Sie sich die Beine ablaufen?« fragte er schief grinsend. »Nehmen Sie doch die Straßenbahn. Die Nummer vier. Die fährt bis auf den Hang, nach Las Tamaibas. An der übernächsten Kreuzung ist die nächste Haltestelle. Gehen Sie nur dem Gebimmel nach.«
Der Mann hob wieder die Zeitung vors Gesicht, und Coco lauschte. Von fern her hörte er die Bahn sich nähern. Er fing an zu laufen.
Er verlief sich zweimal, weil ihn das Gebimmel zum Narren hielt. Es wurde lauter und leiser, klang einmal von hier und einmal von dort, aber endlich stolperte er in eine breite Straße hinein, durch die Schienen liefen. Hier also mußte die Straßenbahn vorbeikommen. Er würde einfach winken, und sie würde halten. Da schob sie sich auch schon heran, grün und rot und mit vielen Buchstaben verziert, ein wunderbares Gebilde. Er winkte aufgeregt, aber sie dröhnte an ihm vorbei und ließ ihn stehen, und er schaute ihr entgeistert nach.
»Hier hält sie nicht«, sagte ein alter Mann, der vorüberkam. »Du mußt an eine Haltestelle gehen. Dort hinten, wo das Schild steht.«
Coco hastete aufgeregt über eine breite Querstraße dem Schild entgegen. Reifen quietschten, Hupen heulten auf, hinter seinem Rücken schimpfte jemand.

Als er auf der anderen Seite angekommen war, schaute er sich verwundert um.
Am Ende der Straße erschien die nächste Straßenbahn, diesmal grüngelb, und glitt majestätisch heran. Wieder winkte er. Als sie hielt, schob er sich hinein und versperrte denen, die aussteigen wollten, den Weg mit dem Koffer. Er wurde mit Gewalt zur Seite gedrängt, bis er am äußersten Ende des Trittbretts stand, den Koffer zwischen den Beinen, und sich mit beiden Händen an der Haltestange festklammern mußte. Leute stiegen aus, andere stiegen ein, die Bahn ruckte an und fuhr los, und Cocos Augen wurden groß und rund vor Entsetzen. Daß sie so schnell fuhr, hatte er nicht erwartet. Er wagte nicht, sich zu rühren, und starrte unentwegt auf das Pflaster, das unter ihm vorüberglitt.
»Komm rauf«, rief ihm der Schaffner zu, »hier ist noch Platz.«
Coco schaute kläglich zu ihm auf, ließ aber die Stange nicht los.
»Du mußt zahlen oder aussteigen«, rief der Schaffner.
»Wohin willst du?«
»Zum Vulkan«, keuchte Coco hinauf.
»Da fährst du in die verkehrte Richtung«, rief der Fahrer.
Coco öffnete den Mund. In diesem Augenblick bremste die Straßenbahn. Noch ehe sie hielt, ließ Coco die Stange los, packte den Koffer und sprang ab. Er fiel auf den Rücken, der Koffer auf ihn. Frauen kreischten.

Ihm war nichts geschehen. Nur eine Bananenschale klebte an seinem Rücken. Er setzte sich auf, schüttelte den Kopf ein paarmal hin und her, kniete sich mitten auf dem Bürgersteig nieder, öffnete den Koffer und tastete zwischen den Lappen nach der Figur. Sie war noch ganz. Er schloß den Koffer, stand auf und ging auf die andere Straßenseite hinüber.
Die Straßenbahn kam. Sie bestand aus zwei Wagen, und er lief zum letzten. Er stieg hastig das Trittbrett hinauf, in der Angst, er müsse wieder draußen an der Stange hängen. Aber diese Bahn war fast leer. Als sie weiterfuhr, geriet Coco ins Wanken und hielt sich am Schaffner fest.
»Wohin?« fragte dieser.
»Zum Vulkan.«
»Also Endstation. Vierzig Centavos.«
»Aber wenn ich Sie loslasse«, rief Coco, »falle ich um!«
»Dann setzen Sie sich doch«, sagte der Schaffner.
Coco setzte sich, stellte den Koffer zwischen seine Beine und zog die Börse aus der Tasche, um zu zahlen. Umständlich suchte er nach vierzig Centavos. Dann rückte er an das Fenster und schaute hinaus.
Eine große Ruhe überkam ihn. Jetzt war alles gut. Er brauchte nichts mehr zu tun, als sich der Bahn zu überlassen.
Sie fuhr über eine Brücke. Er staunte in das Wasser hinunter. Aber schon war alles vorbei. Jetzt säumten große, vornehme Gebäude die Straße. Einmal ent-

deckte er auch einen Obstladen. Er drehte sich um und reckte den Hals.

Die Straßenbahn füllte sich. Eine dicke schwarze Frau preßte sich neben ihn. Auch ihm gegenüber saßen Leute. Bald gab es keine Sitzplätze mehr. Schon stauten sich die Mitfahrenden im Mittelgang, drängten zwischen die Bänke und zwängten sich auf jeden freien Platz. Ein Indio, der nach Zwiebeln roch, lehnte sich gegen das Fenster, Coco konnte kaum mehr etwas sehen. Draußen hupte es, der Straßenlärm schwoll an. Ununterbrochen bimmelte die Bahn.

Zwei Stationen weiter bekam Coco wieder etwas Luft. Das Fenster wurde frei. Die Strecke führte durch einen Park. Es war nur eine kleine Anlage, die Häuserreihen schimmerten durch die Bäume. Als die Bahn aus dem Palmenschatten auf eine freie Plaza hinausfuhr, wurden Cocos Augen groß: Dort, über den Dächern, thronte der Vulkan. Er war noch weit fort, aber näher als am Morgen. Coco hielt den Atem an vor Stolz.

Die Fahrt ging in ein Häusermeer hinein, Giebel und Dächer schoben sich vor den Berg, aber nach einer Weile war er wieder da und, wie es Coco schien, jetzt größer. Gleich darauf verdeckte ihn eine Fabrik, dann kamen wieder hohe Häuser, eine Kirche, danach eine endlose Allee mit alten Bäumen. Coco starrte sehnsüchtig hinaus. Wo war der Berg?

Endlich zeigte er sich wieder, und Coco staunte über seine Größe.

Er warf einen Blick auf die Frau neben sich. Breitbeinig saß sie da, hatte ihren Kopf auf die gewaltige Brust sinken lassen und schnarchte. Er schaute wieder hinaus. Der Berg schob sich etwas nach links. In seiner ganzen Breite türmte er sich über den Häusern auf, graugrün bis fast zur halben Höhe hin, ein Berg, wie es keinen zweiten gab.

Die Frau neben ihm fuhr erschrocken hoch: »Wo sind wir eigentlich?« fragte sie und winkte den Schaffner herbei.

»Wir fahren gerade den Vulkan hinauf«, erklärte Coco.

»Zum Nordfriedhof?« fragte der Schaffner. »Da sind Sie schon zu weit.«

Ihre Brüste bebten. Sie warf einen raschen Blick auf Coco und flüsterte ihm zu: »Komm, steig mit mir aus. Begleite mich auf den Friedhof. Dort liegt mein Mann. Du kannst mir gießen helfen.«

»Ich muß aber zu meinem Vulkan«, sagte Coco.

»Da kannst du doch auch noch morgen hin«, meinte die Dicke und lehnte sich an ihn.

»Nein, es ist dringend«, sagte Coco.

»Wie du willst. Aber es gibt viele andere, die kämen gern mit mir.«

Die Straßenbahn hielt, die Dicke stürzte hinaus. Er schaute ihr nach. Dann suchte er wieder den Vulkan. Der war noch immer da, er ließ sich jetzt kaum mehr verdecken, so groß war er geworden. Die Bahn fuhr an Gärten und Villen vorüber, auf denen das satte Licht der Nachmittagssonne lag. Sie fuhr langsam,

denn es ging bergan. Coco sah, daß der Berg sich vor die Straßenbahn schob, bald konnte er nur noch die Hälfte von ihm sehen, nur einen riesigen Hang.
»Las Tamaibas!« rief der Schaffner.
Der alte Mestize, der Coco gegenübersaß, erhob sich und stieg aus, auch die anderen Leute schoben sich hinaus.
Coco schaute sich um. Er war allein. Sogar der Schaffner hatte den Wagen verlassen.

IV.

Ein Straßenbahnwagen fuhr draußen vorüber, dann gab es einen Ruck. Eine Zeitlang geschah nichts, dann stieg der Schaffner ein. Er steuerte gleich auf den Schwarzen los.

»Ich habe schon bezahlt«, sagte Coco.

»Zeig mal den Schein her«, antwortete der Schaffner.

Coco schaute erschrocken auf den Schein. Er hatte ihn zwischen den Fingern fast zerrieben.

»Der gilt nur bis hier«, sagte der Schaffner.

»Ich muß aber weiterfahren!« rief Coco.

»Weiter?« fragte der Schaffner verblüfft. »Hier ist Schluß.«

»Nicht für mich.«

»Nun, wie's dem Herrn beliebt«, erwiderte der Schaffner und grinste. »Also, dann zahlen. Umsteigen?«

»Nein, immer geradeaus weiter.«

»Vierzig.«

Coco zahlte und erhielt seinen Schein. Der Schaffner setzte sich auf die vorderste Bank im Wagen. Seine Füße legte er auf den Sitz gegenüber. Er fing an zu pfeifen und zog an der Klingelschnur. Die Straßenbahn setzte sich in Bewegung, aber es schien Coco, als fahre sie jetzt rückwärts. Er merkte, daß er sich auf die gegenüberliegende Bank setzen mußte, um besser sehen zu können. Er spähte hinaus, um den Hang des Vulkans wiederzuentdecken, aber der wollte nicht mehr erscheinen. Und es schien Coco auch, als fahre die Straßenbahn bergab! Er warf einen Blick auf den Schaffner, aber der schaute gleichmütig zum Fenster hinaus und pfiff.

Wieder fuhren sie durch Villen und Gärten. Die Straßenbahn hielt. Eine junge Indianerin stieg ein, ein Dienstmädchen aus dem Viertel der Reichen, und setzte sich drei Reihen vor Coco.

Merkwürdig, dachte er. Was will sie auf dem Vulkan?

Diese Frage beschäftigte ihn so sehr, daß er aufstand und sich neben sie setzte. Das Mädchen sah ihn scheel an und rückte weg. Er klemmte den Koffer zwischen seine Knie, legte den Hut auf seinen breiten Schenkel und sagte: »Sie fahren auch auf den Vulkan, Fräulein?«

Sie stellte sich taub.

»Vielleicht wissen Sie es nicht«, sagte Coco, »daß er mir gehört.«

Sie blieb stumm und schaute mit leerem Blick hinaus.

»Es wäre besser«, sagte Coco höflich, »Sie blieben unten. Zwei können nicht da oben sein. Das wird zuviel.«

Sie schwieg.

Coco wurde zornig. Er packte das Mädchen am Arm und rief: »Das ist mein Berg!«

»Schaffner!« schrie die Indianerin.

Der hörte auf zu pfeifen und nahm die Füße träge von der Bank.

»Laß das Mädel in Ruhe«, sagte er.
»Sie will mir den Berg wegnehmen!« rief Coco empört. »Sie will sich selber darauf breitmachen!«
»Setz dich woanders hin und laß sie in Ruhe«, sagte der Schaffner noch einmal.
Coco stand auf. Sein Hut rollte unter eine Bank.
»Wer mir den Berg wegnehmen will, den schlage ich zusammen!« brüllte er.
Der Schaffner zog sich ein paar Schritte zurück, denn er war ein schmächtiger Mann. »Es ist ja alles gut«, sagte er zu Coco. »Alles wird gemacht, wie du es haben willst –«
Er gab dem Mädchen einen Wink. Sie stieg, als die Bahn hielt, in den vorderen Wagen um.
»So«, sagte der Schaffner zu Coco, »jetzt kannst du dich wieder setzen. Es ist alles in Ordnung.«
Die bin ich los, dachte Coco.
Aus den Villen und Gärten waren Straßenzeilen geworden. Haus stand neben Haus – alte, graue Gebäude. Sogar hier oben am Hang wohnen noch Leute, dachte Coco.
Der Berg selbst ließ sich immer noch nicht sehen. Eine Dunstschicht hing über der Stadt. Der Schatten der Straßenbahn wurde länger.
Vorhin sah ich ihn immerzu und jetzt gar nicht mehr, dachte Coco. Der Weg zu ihm ist doch viel weiter, als ich glaubte. Vielleicht hat er sich im Dunst versteckt. Er will nicht gern bestiegen sein.
Wieder hielt die Straßenbahn, Leute stiegen ein. Coco wunderte sich. Da müssen also weiter oben auch noch

Häuser sein, dachte er. Zu denen werden sie fahren wollen. Sollen sie. Ich erlaube es ihnen.
Es wurde immer voller, Coco bekam Nachbarn. Eine Indianerfamilie, Vater, Mutter und sieben oder acht Kinder mit Körben, Schachteln und Bündeln beladen, drängte sich auf seine Bank und jene, die ihm gegenüberstand.
Coco faßte Mut. »Wie weit ist es noch bis zum Krater?« fragte er.
Der Indio zuckte die Achseln. »Ich weiß es nicht. Wir sind nicht von hier. Wir wollen auf die Plaza Santana.«
»Da seid ihr falsch«, antwortete Coco. »Diese Straßenbahn fährt auf den Vulkan.«
»Heilige Jungfrau!« rief die Mutter.
Die ganze Familie schreckte zusammen, die Kleinen klammerten sich an die Mutter, die Großen starrten den Vater an.
»Hinaus, hinaus!« schrie der Mann.
Die Familie drängte mit Bündeln und Schachteln dem Ausstieg zu.
»Adiós«, rief der Mann und winkte Coco. Der winkte zurück und rief: »Besucht mich mal da oben. Ganz oben, hört ihr? Ganz oben! Da bin nur ich!«
Aber das hörte die Familie nicht mehr. Sie quoll auf das Trottoir hinaus und füllte es.
Die Bahn fuhr jetzt durch eine lange Allee. Coco starrte sehnsüchtig hinaus. Die Häuser wurden immer größer, immer stattlicher, Autos rasten vorüber, die Straßen wimmelten von Menschen. Die Leute in

der Straßenbahn brüllten sich gegenseitig an, um einander zu verstehen. Andere Bahnen ratterten vorbei, verschwanden in der Richtung, aus der Cocos Bahn gerade kam, oder kreuzten dessen Weg. Sie durchquerte wieder einen über und über blühenden Park, der Coco an jenen erinnerte, dem er schon vor einer Stunde begegnet war. Und sogar Flüsse schien es auf dem Vulkan zu geben. Die Tram fuhr über eine Brücke. Beide Ufer über den Quaimauern standen voller Häuser, genauso wie am Fluß in der Stadt.
Jenseits des Flusses wurden die Häuser wieder unansehnlicher. Scharen von Kindern balgten sich auf den Bürgersteigen. Eine Ecke kam Coco bekannt vor. Die Straßenbahn fuhr und hielt, fuhr und hielt. Es war eine eintönige Fahrt. Ein grüner Hügel ragte hinter den Dächern auf, ein lächerlicher kleiner Hügel, auf dem ein Denkmal stand.
Der kann sich mit meinem Berg nicht vergleichen, dachte Coco. Aber da fiel ihm ein, daß dieser Hügel ja ein Teil seines Berges sein mußte, sozusagen eine Warze. Er nickte zufrieden.
Hier sah er nicht mehr so viele Wagen vorüberbrausen wie auf der anderen Seite des Flusses. Die Bürgersteige waren schmutzig, tote Ratten lagen, umspült von Abwässern, in der Gosse. Viele Leute stiegen aus, wenige ein, die Straßenbahn begann sich zu leeren. Sie verlangsamte ihre Fahrt und blieb schließlich stehen. Der Schaffner sprang hinaus und kletterte nach ein paar Augenblicken wieder herein.
»Was ist?« fragte einer der Fahrgäste.

»Ein Esel steht auf den Schienen.«
Der Schaffner griff nach einer Lederpeitsche, die an der Wagenwand hing, und verschwand mit ihr. Draußen johlten Kinder. Coco lehnte sich hinaus, konnte aber nichts sehen. Mit hochrotem Kopf stieg der Schaffner nach einer Weile wieder ein, hängte die Peitsche an ihren Platz und warf sich schwitzend auf eine leere Bank.
Es gab einen Ruck, die Straßenbahn fuhr weiter. Der Fahrer zwang sie in die höchste Geschwindigkeit, um die verlorene Zeit aufzuholen. Unter wildem Gebimmel überquerte sie eine Kreuzung. Kinder stoben auseinander, Hunde kläfften ihr nach. Sie bog in eine Kurve ein, die um ein Denkmal herumführte. Nach zehn Minuten weiterer Fahrt hielt sie. Alle außer Coco stiegen aus. Draußen verloren sich die Hütten in ödem, hügeligem Gelände. Hunde umtollten den Wagen und kläfften zu Coco hinauf, der aus dem Fenster schaute. Hier hörten also die Häuser auf. Jetzt kam wohl das letzte Stück, das zum Gipfel führte. Es konnte nicht mehr lange dauern.
Der Schaffner war ausgestiegen. Wieder fuhr ein Straßenbahnwagen an Cocos Fenster vorüber, genau wie in dem Villenviertel Las Tamaibas. Er hörte die Stimme des Schaffners, spürte einen Ruck. Der Schaffner stieg wieder ein und blieb erstaunt vor Coco stehen.
»Willst du nicht aussteigen?«
»Nein«, antwortete Coco, ebenfalls erstaunt, »noch nicht.«

»Wohin willst du eigentlich?«
»Zum Vulkan.«
»Ach herrje, warum hast du das nicht gleich gesagt?«
»Habe ich nicht gesagt, ich will geradeaus?« rief Coco. »Bin ich falsch gefahren?«
»Aber nein«, beeilte sich der Schaffner zu sagen. »Wir fahren jetzt genau auf den Vulkan zu. Aber du mußt noch einmal zahlen. Das ist alles.«
»Wenn es weiter nichts ist«, sagte Coco erleichtert. »Geld habe ich.« Er zahlte und hielt nun zwei Scheine in der Hand, weiß und glatt einer wie der andere.
»Sagen Sie's mir, wenn ich aussteigen muß«, bat er.
»Gewiß, gewiß«, antwortete der Schaffner mit besonderer Höflichkeit.
Die Straßenbahn fuhr ab. Coco mußte seinen Platz wieder wechseln, um nicht rückwärts zu fahren. Merkwürdig, dachte er.
Die Sonne stand schon tief, sie hing über den Dächern der Stadt, und Coco konnte sie ansehen, ohne blinzeln zu müssen. Er war müde. Aber nun war ja alles gut, nun konnte er getrost weiterfahren, der Schaffner würde ihm schon sagen, wann er auszusteigen hatte.
Plötzlich stutzte Coco. Fern über der Stadt erhob sich der Vulkan, aber er war sehr klein geworden. Wie konnte er nun wieder so weit weg sein? War die Bahn nicht schon ein Stück den Hang hinaufgefahren? Er starrte so gebannt auf dieses Mirakel, daß er keine Zeit hatte, sich umzuschauen. Er sah nicht, daß die Häuser

wieder größer wurden, merkte nicht, daß er die Stelle passierte, wo der Esel auf dem Gleis gestanden hatte. Erst der Fluß zog seine Aufmerksamkeit an.

Noch ein Fluß, dachte er verwundert.

Zwei alte Nonnen setzten sich zu ihm, eine mit Brille und eine mit einem Goldzahn. Die mit der Brille setzte sich ihm gegenüber, die mit dem Goldzahn neben ihn. Er betrachtete sie. Sein Blick glitt zwischen Brille und Zahn hin und her. Die Nonnen unterhielten sich leise.

»Ein schöner Abend«, sagte die mit der Brille und schaute hinaus. »Nicht gar so heiß.«

»Es läßt sich aushalten«, antwortete die mit dem Zahn.

Die mit der Brille reckte sich aus dem Fenster, daß ihr schwarzer Schleier Cocos Gesicht umwehte. Coco rührte sich nicht unter dem Geflatter. Der Schleier roch gut.

»Der Vulkan ist doch das Schönste an der ganzen Stadt«, fuhr sie fort. »Sieh nur, ganz rot behaucht.«

»Ich kenne ihn«, sagte die andere düster.

»Aber du schaust ihn ja gar nicht an«, sagte die Bebrillte. »Du mußt ihn ganz ohne Vorurteile betrachten, dann wird dir seine Schönheit aufgehen.«

»Das ist ein ganz Heimtückischer«, antwortete die mit dem Goldzahn. »Heut läßt er sich rot behauchen, wie du so schön sagst, und morgen spuckt er. Ich war dabei, damals, als er ausgebrochen ist. Ein halbes Dorf hat's gekostet.«

»Trotzdem ist er schön.«

Coco strahlte. Er versuchte vorsichtig, den Schleier etwas beiseitezuschieben, dessen einer Zipfel sich in seiner Braue verfangen hatte. Auch er wollte sehen, wie rot der Vulkan war. Ja, er schimmerte, er strahlte, als rotgoldener Kegel ragte er über der Stadt. Coco war überwältigt.
»Er gehört mir«, rief Coco stolz und wischte sich nun den Schleier aus dem Gesicht. »Gestern abend hab ich ihn geschenkt bekommen.«
»Das ist ja sehr erfreulich«, sagte die Nonne, »und wir gratulieren. Aber wir sprachen eben von diesem Vulkan dort drüben.«
»Ja«, sagte der Schwarze, »von dem spreche ich auch. Deshalb fahre ich jetzt zu ihm.«
»Unsinn«, sagte die Nonne mit dem Goldzahn.
Die andere schaute Coco freundlich an. Sie hatte lange in einem Irrenhaus gearbeitet.
»Da hast du aber was Feines geschenkt bekommen«, sagte sie lächelnd.
»Er wird nicht mehr ausbrechen«, sagte Coco. »Ich fahre ja jetzt hinauf und passe auf ihn auf. Er wird mir gehorchen, denn ich bin stark.«
Die Bebrillte sagte: »Gewiß, wir glauben es dir. Du wirst schon mit ihm fertig werden.«
Coco schaute mit glücklichen Augen zum Fenster hinaus. Mit einem Ruck wandte er den Kopf der Nonne zu, die ihm gegenübersaß, und sagte strahlend: »Ich lade Sie ein!«
»Wozu?« fragte sie erstaunt.
»Wenn Ihnen mein Vulkan so gut gefällt, lade ich Sie

ein mitzukommen«, sagte er. »Sie dürfen bis an den Krater heran, ich erlaube es Ihnen.«
»O danke«, sagte die Bebrillte freundlich und hustete in den Schleier, »das ist nett von dir. Aber dazu bin ich zu alt. Ich bin nicht mehr gut zu Fuß.«
»Wenn's nur *das* ist –« rief Coco. »Ich trage Sie!«
Die beiden Nonnen sahen sich an.
»Wenn Sie Lust haben«, sagte er zu der mit dem Goldzahn, »können Sie auch mitkommen.«
»Keine schlechte Idee«, antwortete sie. »Aber wirst du uns beide schleppen können?«
»Die eine auf den Schultern, die andere auf den Armen«, sagte er ernst.
»Du hast aber deinen Koffer vergessen. Den mußt du ja auch noch tragen. Das wird dir zu viel werden.«
»Ach verdammt, den Koffer ...« rief er erschrocken.
»Und hast du was zu essen da oben für uns alle drei?« fragte die mit dem Goldzahn.
Nein, das hatte Coco nicht.
»Dann mache ich dir einen Vorschlag«, sagte die Bebrillte. »Du fährst voraus und steigst schon mal hinauf, und oben erwartest du uns. Wir fahren erst heim und füllen einen Sack mit Brot und Trockenfleisch und Orangen, dann mieten wir zwei Esel und kommen hinaufgeritten. Und was hältst du von zwei Zehnliterflaschen Weißwein und Rotwein?«
Coco freute sich.
Die Straßenbahn fuhr in die Innenstadt hinein und füllte sich mit Lärm. Dann durchquerte sie den Park, und der Lärm ebbte wieder ab. Die beiden Nonnen

stiegen aus, und Coco rief ihnen nach: »Also am Krater treffen wir uns. Kommt bald nach!«
Sie nickten und winkten und verschwanden im Gewühl, zwei zierliche Gestalten, beide leicht gebückt, in Schuhen, die Coco winzig vorkamen.
Er schaute wieder hinaus und suchte den Vulkan. Jetzt war er rotviolett geworden, noch schöner als zuvor. Die Straßen der Stadt füllten sich mit Schatten. Nur noch auf den Dächern schimmerte die Sonne, die als rote Scheibe mitten im Dunst stand. Vor dem Sonnenuntergang werde ich nicht mehr oben sein, dachte Coco.
Ihn überkam eine so starke Müdigkeit, daß er sich zurücklehnte und die Augen schloß. Das Geratter der Straßenbahn schläferte ihn ein, und es dauerte nicht lange, da schlief er fest. Er spürte nicht, wenn die Straßenbahn hielt und wieder anfuhr, er merkte nicht, daß sie sich langsam leerte, daß sie eine Allee durchfuhr, daß der Vulkan sich immer mehr rötete und noch in der Dämmerung feurig glühte, bis auch er erlosch. Der gewaltige Hang versank zwischen Villen und Gärten in der Dunkelheit des Abends.
Coco fuhr bis zur Endstation Las Tamaibas. Dort schlief er immer noch. Der Schaffner sah ihn zusammengesunken in seiner Ecke sitzen, als alle anderen Fahrgäste schon ausgestiegen waren.
Er tippte ihm auf die Schulter: »Aussteigen, du bist da.« Coco rührte sich nicht.
Der Schaffner rüttelte ihn: »Aufwachen, aussteigen!« Coco ließ seinen Kopf nur noch weiter in den

Nacken sinken und schnarchte dem Schaffner ins Gesicht.
»Einen solchen Schlaf zu stören, ist Sünde«, sagte der und ließ ihn schlafen. Er zog aus Cocos Jackentasche die Geldbörse, entnahm ihr vierzig Centavos – nicht mehr, denn er war ein aktives Mitglied der Sabbatisten-Gemeinde – und steckte dafür einen neuen Fahrschein in Cocos Brusttasche.
Also schlief Coco friedlich weiter und durchquerte zum vierten Mal die Stadt. Auf der Fahrt durch das Zentrum spiegelten sich die Neonlichter auf seiner glänzenden schwarzen Haut, Leuchtbuchstaben blitzten auf seiner Stirn, und während die Straßenbahn hielt, flammte seine Schläfe abwechselnd rot und blau. Leute schoben sich neben ihn, Matrosen mit ihren Mädchen, später zwei Kellner, die zur Arbeit fuhren. Die Straßenbahn ratterte über die Brücke, fuhr in die ärmeren Viertel jenseits des Flusses ein, die nun von Soldaten in Ausgehuniform überschwemmt waren, und kroch bis zwischen die Hütten am Rande der Wüste, wo die Stadt zu Ende war. Von dort ging es zurück in die Stadt. Mädchen in grellbunten Kleidern füllten die Tram mit billigen Fliederdüften.
Um Coco kümmerte sich niemand. Und so kam er zum dritten Mal an die Endstation Las Tamaibas. Hier oben fiel nur der ruhige Laternenschein auf sein Gesicht. Aus den Gärten schimmerten Lichter. Es duftete nach Blüten. Über diesem Viertel der Reichen, unsichtbar für Coco, lohte unsteter Schein aus dem Krater in den Nachthimmel.

Coco durchquerte schlafend noch einmal die ganze Stadt bis ans andere Ende, das sechste Mal, und nur für einen Augenblick wachte er auf, als die Tram mitten im Park scharf bremste: Ein Betrunkener lag auf den Schienen. Coco öffnete träge die Augen, warf einen Blick hinaus, sah Reklamen durch die Palmenstämme schimmern und dachte: Hier sind immer noch Häuser. Wir sind noch nicht oben. Der Schaffner wird's mir ja sagen. Damit schlief er wieder ein.

Inzwischen steckten fünf Fahrscheine in seiner Brusttasche, und am anderen Ende der Stadt, am Rande der Wüste, kam ein sechster dazu. Das war das letzte, was der Schaffner für Coco tun konnte, denn seine Dienstzeit war für diesen Tag zu Ende. An der letzten Haltestelle vor der Brücke stieg er aus und überließ den Wagen einem anderen Schaffner.

Der strich mit wachsamen Augen durch den halbleeren Wagen und entdeckte die sechs Scheine, die wie auseinandergeblätterte Spielkarten aus Cocos Brusttasche schauten. Coco schnarchte laut. Der Hut war über sein Gesicht gerutscht. Der Schaffner zog die sechs Scheine aus Cocos Brusttasche und betrachtete sie. Dieser Mann mußte seit Stunden in der Straßenbahn gesessen haben. War er besoffen oder krank? Jedenfalls war er kein normaler Fahrgast. Er mußte raus aus der Straßenbahn.

Er beschloß, ein Mittel anzuwenden, das bei hartnäckigen Schläfern fast immer Erfolg hatte. Er trat ihm mit aller Kraft auf den Fuß und leuchtete ihm

zugleich mit einer Taschenlampe ins Gesicht, wobei er den Hut hochhob.
»Aussteigen! Du bist da!«
Coco wurde wirklich wach. Er erinnerte sich wieder: Endlich war es so weit. Er war da. Schlaftrunken taumelte er hoch und packte den Koffer.
Der Schaffner schob ihn zum Ausstieg. »Hier hinaus!« sagte er streng.
Coco stolperte hinaus. Die Straßenbahn fuhr ab. Er sah ihr verwirrt nach. Er hatte sich an sie gewöhnt. Dann schaute er sich um und wunderte sich. Hier standen immer noch Häuser. Wo war der Krater? Mußte er *noch* weiter hinaufsteigen?

V.

Er stand mitten auf dem Bürgersteig, zwei Stationen hinter dem Fluß, im Zentrum der Stadt, stand da wie ein Felsen, den Koffer zwischen den Beinen, und die vorüberkamen, mußten ihm ausweichen. Autos fuhren an ihm vorbei, gegenüber blitzte alle paar Sekunden ein riesiges senkrechtes Wort auf, ganz in Gelb, es hieß »Kakadu«, aber das konnte er nicht lesen, und darunter umwand eine rote Lichtlinie die üppigen Formen einer Frau. Wo er auch hinschaute, glitzerte und flimmerte es, zuckte und kreiste es. Musik drang aus dem »Kakadu«, aber auch hinter seinem Rücken erscholl Grammophonmusik aus einem Hausflur.

Eine Reihe Matrosen kam heran, eingehängt, eine Kette, so breit wie der Bürgersteig. Sie marschierten im Gleichschritt und pfiffen. Coco starrte ihnen mit offenem Mund entgegen. Da schob der Matrose, der an der Flanke ging, seinen Arm unter Cocos Arm und zog ihn mit. Der wußte nicht, wie ihm geschah. Sie überquerten die Straße und bogen in eine Seitengasse ein.

»Auf, Bruder«, rief der Matrose, »vorwärts, in den Kampf!«

»Ich habe keine Zeit«, sagte Coco, »ich muß auf den Vulkan.«

Aber der Matrose war so betrunken, daß er gar nicht hörte, was Coco sagte.

»Du gehst mir zu langsam Bruder«, lallte er. »Ich mag dich nicht ziehen.«
Er ließ Coco wieder los. Der aber hatte nun die letzte Orientierung verloren: die Gleise der Straßenbahn.
Er setzte sich auf den Bordstein, stellte die Füße in die Gosse und stützte das Kinn in die Hände. Tiefe Verzweiflung packte ihn, und der Hunger wurde unerträglich. Ein Hund beschnupperte ihn, beleckte sein Ohr und drückte nicht weit von ihm einen Haufen auf das Trottoir. Darauf wollte er sich neben Coco niederlassen, aber der schob den Koffer zwischen ihn und sich. Der Köter strich davon.
Wenn es nur hell wäre, dachte Coco. Da könnte ich sehen, wo der Gipfel ist und ob ich schon oben bin oder nicht. Vielleicht werden die Nonnen noch früher oben sein als ich. Sicher sind sie schon unterwegs.
Plötzlich stieß ihn jemand an. Coco schaute auf. Neben ihm stand ein Mann, die Hände in den Hosentaschen, den Hut schief auf dem Ohr, nicht jung, nicht alt, mit einem kleinen Bärtchen unter der Nase, einem Adamsapfel und schwarzen Zahnstummeln. Coco sah, daß seine Hosenbeine ausgefranst waren und daß die Zehen zwischen Sohlen und Oberleder durchschimmerten.
»Na?« fragte er. »Wo fehlt's denn?«
»Ich suche den Vulkan«, sagte Coco. »Ich bin den ganzen Nachmittag und Abend auf ihn zugefahren.«
»Was willst du, um alles in der Welt, auf dem Vulkan?« fragte der Mann und spuckte in weitem Bogen aus.

»Er gehört mir«, sagte Coco müde.
»So also ist das«, sagte der Mann. »Aber wie kommst du auf den Gedanken, daß der Vulkan hier mitten in Leticia ist?«
»Bin ich denn in Leticia?« fragte Coco entgeistert.
»Gewiß. Du stehst hier in der Calle Piedad, und dort drüben ist die Kathedrale.«
»Aber der Schaffner hat gesagt, ich soll hier aussteigen.«
»Hat er denn gewußt, wo du hinwillst?« fragte der Mann.
»Ich habe es ihm ein paarmal erklärt.«
»So ein böser Mensch«, sagte der Mann und wiegte den Kopf hin und her, »es sieht aus, als habe er dich absichtlich in die Irre geschickt.«
»Du«, sagte Coco, »sei so gut und zeig mir den Weg. Ich geh jetzt zu Fuß, da kann mich kein Schaffner mehr beschwindeln.«
»Aber mit dem Koffer da? Ist er schwer? Was hast du drin?«
»Eine Madonna«, sagte Coco und zog den Koffer an sich.
»Eine Madonna«, sagte der Mann. »Die kann man nicht essen.«
»Nein«, sagte Coco traurig. »Aber die Nonnen werden was zu essen bringen, die Esel schleppen den Sack und die Flaschen hoch.«
Der Mann ließ sich von den Nonnen erzählen, dann sagte er: »Heute nacht wirst du sie kaum mehr treffen, Kumpel. Hast du denn keinen Hunger?«

Coco schluckte.
»Hast du Geld?« fragte der Mann.
»Hab ich«, antwortete Coco.
»Das trifft sich gut. Ich habe nämlich zufällig auch Hunger. Wie wär's, wenn wir zusammen essen gingen?«
Coco war von diesem Plan sehr angetan.
»Ich weiß ein gutes Restaurant«, sagte der Mann. »Nicht weit von hier. Dort gibt es Steaks so groß wie Wagenräder.«
Coco nickte und grinste.
Der Mann führte ihn die Calle Piedad entlang bis zur dritten Querstraße, in der das Restaurant lag. Es hieß »La Campanita« und war nicht eben groß. Er schob Coco vor sich her die Kellertreppe hinunter und in die Gaststube hinein. Ein paar Tische waren frei, denn es ging auf Mitternacht zu. Der Mann steuerte einen Ecktisch an, Coco folgte ihm, schob den Koffer unter den Tisch und ließ sich todmüde auf einen Stuhl fallen. Mit großen Gesten rief der Mann den Kellner herbei und bestellte zwei Steaks mit Reis und Salat, dazu zwei Bier.
»Ich heiße Ignacio Monteverde«, sagte der Mann und reichte Coco die Hand über den Tisch. »Und du?«
»Pepe Amado«, sagte Coco, Ignacios Hand kräftig schüttelnd.
»Seien wir Freunde«, sagte Ignacio. »Ich erlaube nur guten Kerlen, meine Freunde zu sein, und du bist ein guter Kerl.«

»Ja«, sagte Coco, »das bin ich.«
Jetzt kam das Bier, und Ignacio prostete Coco zu, und Coco prostete zurück – das kannte er aus der »Estrella del Mar« –, und dann ließ sich Ignacio die Geschichte von der Vulkanschenkung erzählen.
»Und wieviel Geld haben sie dir geschenkt?« fragte er.
Coco wußte es nicht.
»Du hast es noch nicht gezählt?« fragte Ignacio verblüfft.
Coco war seinerseits erstaunt. »Warum hätte ich's denn zählen sollen? Es ist eine ganze Börse voll und noch eine Tüte. Ich glaube, daß ich so viel gar nicht zählen kann.«
»Gib her«, sagte Ignacio, »ich zähl dir's.«
Coco reichte ihm Börse und Tüte, und Ignacio zählte es hastig.
»Du bist ein gemachter Mann!« rief er und klatschte die Börse auf den Tisch. »Noch ein Bier, ja?«
Coco nickte. Der Kellner schob beiden einen Teller mit einem riesigen Steak hin. Ignacio bestellte zwei weitere Biere, dann fing er an zu essen, nein, er fraß, er zerschnitt, er zerrupfte das Steak mit unglaublicher Geschwindigkeit und schlang es, fast ohne zu kauen, in sich hinein.
»Iß«, sagte er ärgerlich, als er Cocos Blick bemerkte.
Coco schaute verlegen weg und begann zu essen.
»Das ist ein Steakchen, was?« rief Ignacio, als sein Teller leer war.

»Ja«, sagte Coco, »und du hast es besorgt. Das vergeß ich dir nie.«
Ignacio winkte mit großartiger Geste ab: »Nicht der Rede wert, Pepe.«
Coco trank auch das zweite Bier leer, dann rülpste er laut und sagte: »So, jetzt wandere ich hinauf.«
»Wir müssen erst zahlen«, sagte Ignacio.
»Freilich«, rief Coco, »das hätte ich fast vergessen.«
Ignacio winkte den Kellner heran: »Was macht's?«
»Einzeln oder zusammen?«
»Zusammen natürlich.«
»Sechs fünfzig.«
Coco zog umständlich die Börse aus der Tasche, zahlte und sagte: »Jetzt muß ich gehen. Adiós.«
»Nein«, rief Ignacio, »das kannst du mir nicht antun.«
»Dann komm mit«, sagte Coco.
»Das geht nicht. Das Klima dort oben bekommt mir nicht. Ich muß hier unten in der Stadt leben.«
»Aber ich muß hinauf«, sagte Coco bestimmt.
»Im Finstern siehst du ja nichts«, sagte Ignacio. »Geh hinaus und schau, ob du ihn siehst, deinen Berg. Ich wette, du hast keine Ahnung, in welche Richtung du marschieren mußt.«
»Du könntest mir ja den Weg zeigen.«
»Ist es denn so wichtig, ob du heute nacht oder morgen früh hinkommst?«
»Aber er ist allein«, sagte Coco.
»Was macht ihm das schon aus?« meinte Ignacio. »Berge sind immer allein. Da kannst du dich zehnmal draufsetzen, sie bleiben doch allein.«

»Du verstehst dich nicht auf Berge«, sagte Coco ernst. »Er ist ein Vulkan. Sein früherer Besitzer hat zu mir gesagt: Besteige ihn bald. Er muß beherrscht werden.«
»Du bist verrückt«, sagte Ignacio. »Du kannst vor Müdigkeit kaum aus den Augen schauen. Es ist schon Mitternacht. Ich weiß einen guten Schlafplatz. Morgen früh führe ich dich auf dem schnellsten Weg zum Vulkan, geradeaus durch die Stadt, ohne den kleinsten Umweg.«
Er wollte Coco den Koffer aus der Hand winden.
»Nein«, sagte der, »den trage ich.«
»Meinetwegen«, knurrte Ignacio. »Aber komm.«
Coco war zu müde. Ergeben trottete er hinter Ignacio her, der ihn mit wichtiger Miene durch die Straßen lotste. Sie stießen auf einen langen, schmalen Park, und Ignacio steuerte sofort hinein. Coco hatte ihn im Laufe des Tages mit der Straßenbahn einige Male durchquert, aber erkannte ihn nicht wieder. Zwischen den Stämmen blinkten die Leuchtreklamen von den Häuserfronten herüber, sonst war alles finster.
»Wo bist du, Ignacio«, rief Coco und tastete nach ihm.
»Sei doch leise«, flüsterte Ignacio, faßte seine Hand und zog ihn hinter sich her.
»Ist dein Haus noch weit?« fragte Coco, bemüht, leise zu sprechen.
»Pst!« zischte Ignacio. »Soll die Polizei etwa auf dich aufmerksam werden? Mir tut sie nichts, ich habe

einen Bruder, der ist Kriminalkommissar, aber für solche wie dich interessiert sie sich sehr.«

»Warum für mich?« fragte Coco erstaunt.

»Weil du keinen festen Wohnsitz hast. Du bist nirgends zu Hause.«

»Aber ich wohne doch auf dem Vulkan!« flüsterte Coco.

»Das nimmt dir keiner ab. Dort oben kann man ja gar nicht wohnen.«

Coco wurde ärgerlich. »Ich gehe doch lieber jetzt gleich hinauf«, sagte er. »Ich werde den Weg schon finden.«

Sofort schlug Ignacios barscher Ton in Freundlichkeit um. »Du verträgst auch keinen Spaß«, flüsterte er. »In einer Minute sind wir da.«

»Aber ich will hier nicht bleiben«, sagte Coco eigensinnig.

»Nur ausruhen. Ich werde dich bewachen«, flüsterte Ignacio. »Jetzt hier hinüber.«

Sie tappten über ein paar Steinfliesen, dann zwängten sie sich unter einem Rosenüberhang durch und betraten einen verwahrlosten, nach einer Seite hin offenen Musikpavillon.

Ignacio schob Coco in die dunkelste Ecke, wo ein Haufen zerknüllter Zeitungen lag, scharrte das Papier zusammen und sagte zu Coco: »Mach dir's bequem.«

Coco zog seine Jacke aus, faltete sie sorgfältig zusammen und legte sie – zusammen mit dem Hut – neben sich auf den Boden.

»Und die Schuhe«, sagte Ignacio, »würde ich an

deiner Stelle auch ausziehen. Die sind nämlich bei Nacht in diesem Park lebensgefährlich.«

Coco wunderte sich.

»Weißt du nicht«, sagte Ignacio, »daß es hier Schlangen gibt?«

Coco fuhr zusammen. Schlangen kannte er gut. Einmal war eine grasgrüne Papageienschlange, nicht länger als zwei Handspannen, mit einer Fuhre Bananen in den Hinterhof des Griechen geraten. Als er, Coco, die Bananen abgeladen und sortiert hatte, war sie herausgeschnellt und hatte ihn in den kleinen Finger gebissen. Sprachlos hatte er dagestanden und auf das lächerliche grüne Vieh gestarrt, das über das Pflaster des Hofes dahingeschlängelt war. Aber der Grieche hatte seine brennende Zigarette auf Cocos kleinem Finger ausgedrückt. »Das könnte dir so passen, jetzt zu krepieren«, hatte er gerufen, »wo wir gerade in der Hauptsaison sind. Reiß dich zusammen, sonst kannst du was erleben!«

Dann war er ins Haus gelaufen, hatte eine Flasche Rum geholt und Coco gezwungen, sie zu leeren. Was dann kam, daran konnte sich Coco nicht mehr erinnern. Jedenfalls hatte er später, vielleicht zwei Tage danach, die Schlange noch einmal gesehen: erschlagen. Mit zerquetschtem Kopf hing sie über einem Stöckchen, das der Grieche in der Hand hielt und einer Gruppe von Männern zeigte, die sich darüberbeugten. Die Narbe am kleinen Finger trug Coco noch jetzt.

»Die suchen nämlich das Warme«, sagte Ignacio,

»und unter der Sohle sammelt sich die Wärme des Menschen, weil sie nicht so schnell einen Weg aus dem Schuh findet. Das wissen die Schlangen, besonders die ganz kleinen, giftigen.«
»Die grünen?«
»Ja, die grünen.«
Wortlos zog Coco Schuhe und Socken aus. Er war zu müde, um noch weiter darüber nachzudenken.
Kaum hatten sie sich beide hingelegt, hörten sie ein Geräusch vor dem Pavillon im Gebüsch. Ignacio richtete sich auf.
»Pst!« flüsterte er. »Da draußen ist jemand.«
Auch Coco hörte jetzt Geräusper.
»Alles belegt!« rief Ignacio leise.
»Was heißt belegt?« rief es ebenso leise von draußen zurück. »Ich bin bis jetzt noch immer hier untergekommen, sooft ich wollte. Der Pavillon ist für alle da. Da rückt ihr eben zusammen. Ich habe genausoviel Recht wie ihr.«
»Wir sind aber schon zweiundzwanzig«, antwortete Ignacio, »und du bist nur allein.«
»Von wegen allein!« rief die Stimme von draußen. »Wir sind achtundzwanzig, lauter starke Kerle im besten Alter!«
»Aber hier hat einer die Pocken«, antwortete Ignacio.
»Kenn ich. Die hatte ich schon. Ein zweites Mal kriegt man sie nicht.«
»Und ob man sie kriegt! Mein Großvater ist an seinen zweiten Pocken gestorben, und zwar überaus

elend. Vor Schmerzen hat er die Madonna verflucht, obwohl er im Kirchenvorstand gewesen ist.«

»Mir gleich«, antwortete es von draußen, »wie dein Großvater gestorben ist. Jedenfalls komm ich jetzt rein.«

»Dann wirst du was erleben«, fauchte Ignacio.

»Laß ihn doch reinkommen«, flüsterte Coco. »Es ist Platz genug.«

»Merkst du nicht, daß das ein Dieb ist?« antwortete Ignacio leise. »Der wird dir alles wegstehlen, und zuallererst deine Madonna.«

Ein Schatten bewegte sich vor den Reklamelichtern.

»Wenn du reinkommst, wirst du die Sonne nicht mehr aufgehen sehen!« zischte Ignacio hinaus. Er flüsterte Coco zu: »Sag was, damit er deine Stimme hört!«

»Was soll ich denn sagen?« fragte Coco ratlos.

»Irgendwas, aber schnell!«

»Guten Abend«, sagte Coco laut.

»Du Ochs!« flüsterte Ignacio und rief hinaus: »Na, hast du gehört? Das war mein Freund. Er hat schon neun Morde auf dem Gewissen, und zwei der Ermordeten waren Berufsboxer.«

»Ihr Söhne einer räudigen Hündin«, schnaubte der Schatten, dann verschwand er, und es raschelte nicht mehr.

»Gott sei Dank, den sind wir los«, sagte Ignacio.

»Gute Nacht«, murmelte Coco schlaftrunken, »und danke schön.«

»Man tut, was man kann«, antwortete Ignacio.

Coco träumte gegen Morgen: Grüne Schlangen krochen den Vulkan hinauf, ganze Prozessionen, die Hänge wimmelten grün. Das wand sich, züngelte und zischte, Gift spritzte durch die Luft. Aber alles Gewürm, das oben ankam, fiel in den Krater und verpuffte in der Glut. Coco genoß den Traum. Sein Gesicht hing über dem offenen Krater und lachte: Mochten sie nur kommen, sein Berg wurde mit ihnen fertig!

Als es dämmerte und die Leuchtreklame erlosch, drang ein Geräusch in seinen Traum. Das ist Ignacio, dachte er. Aber das Geräusch verstummte wieder, und er schlief weiter. Er schlief, während die Straßenbahn nicht weit von ihm vorüberratterte. Hunde erhoben sich rings im Park unter den Büschen, räkelten sich, gähnten, schüttelten die Tautropfen ab, pinkelten und trollten in die Stadt. Rot leuchtete der Park in der aufgehenden Sonne. Der Pavillon zwischen dem Rosengestrüpp, der Koffer, Coco selber, alles glühte.

Coco erwachte spät am Morgen. Neben ihm lag der Koffer, sein Deckel stand auf. Coco erschrak. Gestern abend noch war er geschlossen gewesen. Er beugte sich über ihn und wühlte in den Lumpen. Gottlob, die Madonna war noch da. Vielleicht war Ignacio am Morgen neugierig geworden. Wo aber war er überhaupt? Der Platz, auf dem er gelegen hatte, war leer. Coco wartete geduldig. Er wartete über eine Stunde, dann bog er die Rosenbüsche auseinander und suchte ihn.

Es dauerte eine ganze Weile, bis er begriffen hatte, daß mit Ignacio auch sein Hut und seine Jacke verschwunden waren. Und auch Socken und Schuhe waren weg. Wie sollte er jetzt den Berg hinaufsteigen, barfuß wie er war? Er betrachtete seine rosigen Fußsohlen, stand auf, nahm den Koffer und schob sich, vorsichtig auftretend, hinüber zum Kiesweg. Dort mußte er sich auf einen Stein setzen und einen Stachel aus der Ferse ziehen.

Schon wurde der Kies warm von der Sonne. Er mußte sich beeilen. Er mußte hinaus aus der Stadt, fort von dem heißen Asphalt. Den kannte er zur Genüge aus seinem Hinterhof.

VI.

Er fing an zu laufen und rannte bis an das Ende des Parks, wo sich eine breite Verkehrsstraße hinzog. Dort blieb er stehen. Er schaute sich um. Auf der gegenüberliegenden Straßenseite türmten sich Häuser auf und verwehrten jede Aussicht. Hinter ihm lag der Park mit seinen hohen Palmenkronen. Nirgends war der Berg zu sehen.

Er setzte sich auf die Stufen eines Denkmals, das zwischen den Palmen stand und von einer halbrunden Blumenrabatte umgeben war. Er hatte Hunger und besaß kein Geld mehr, sich etwas zu kaufen, er hatte einen weiten Weg vor sich, aber keine Schuhe, ihn zu gehen, und er besaß einen Vulkan, aber niemand zeigte ihm den Weg dorthin. Jetzt würden die beiden Nonnen längst oben sein und am Kraterrand hin- und herirren. Das Obst würde verderben, das Brot vertrocknen. Und er saß hier und hatte Hunger.

Er stützte die Ellbogen auf die Knie und den Kopf in die Hände und brütete dumpf vor sich hin. Ab und zu kamen Leute vorbei, aber Coco brachte nicht mehr den Mut auf, sie nach dem Weg zu fragen. Er überließ sich den Mücken und der Hitze und hörte auf zu denken.

Allmählich belebte sich der Platz vor dem Denkmal. Ein Indio, zehn oder elf Jahre alt, baute sein Schuhputzzeug auf der Schattenseite des Denkmals auf und wartete auf Kunden. Gegen Mittag wurde es so heiß auf den Stufen, daß Coco nicht mehr sitzen konnte: Er rückte hinüber in den Schatten und saß nun dicht neben dem Jungen, der eifrig arbeitete. Das leise Geräusch der Bürsten drang in Cocos trübsinniges Hirn. Der Junge schwitzte. Aber über jeden Schuh machte er sich mit dem gleichen Eifer her. An seinem Hals hing ein Beutel, in den tat er seine Einnahmen: zehn Centavos pro Paar.

Als die heißeste Zeit des Tages anbrach, versiegte der Strom der Passanten. Der Junge setzte sich zwischen Bürstenschachtel und Fußstütze, nahm den Beutel vom Hals und zählte sein Geld. Als er fertig war, hob er den Kopf, und sein Blick fiel auf Cocos große, schwere Gestalt, die da zusammengesunken neben ihm hockte. Er tippte ihm auf die Schulter.

»Du«, sagte er, »kannst du einen Augenblick auf meinen Kram aufpassen? Ich will nur schnell auf die andere Seite, dort gibt's Bananen.«

Coco hob den Kopf, glotzte den Jungen mit stumpfem Blick an und nickte. Der Indio rannte davon und kehrte mit ein paar Bananen unter dem Arm zurück. Er ließ sich auf seinem alten Platz nieder und murmelte, noch keuchend, einen Dank für Coco.

Der döste schon wieder vor sich hin. Aber als er den Jungen neben sich kauen hörte, horchte er auf. Sein Magen begann zu rumoren. Er starrte dem Jungen auf den Mund. Bananen. Nur eine Banane.

»Hast du Hunger?« fragte der Junge.

Coco streckte beide Hände aus und grinste. Der Junge reichte ihm eine Banane, die kleinste von allen, und

Coco packte zu, daß ihre Schale aufplatzte und das Fleisch herausquoll.

»Hast du kein Geld, um dir was zu kaufen?« fragte der Junge.

Coco, den Mund voll Banane, schüttelte den Kopf.

»Warum arbeitest du nicht? Du bist so riesengroß. Du hast Muskeln wie ein Pferd. Du würdest schnell Arbeit finden.«

Coco schüttelte wieder den Kopf.

»Na gut«, sagte der Junge. »Aber wenn du schon nicht arbeiten willst, warum bettelst du nicht? Ein paar Centavos kommen damit auch zusammen.« Er schaute Coco erwartungsvoll an, aber der leckte stumm und gierig mit seiner hellrosa Zunge einen Finger nach dem andern ab.

»Weißt du«, sagte der Junge, »ich halte mich ran, denn ich will was werden. Deshalb putze ich Schuhe, denn mit den Schuhen verdiene ich mehr, als ich zum Essen brauche. Ich hab schon viel gespart, schon fünfundzwanzig Cruces und dreißig Centavos. Da bist du platt, was? Es ist eine Schinderei, aber wenn ich erst mal was geworden bin –«

Coco schaute auf und fragte: »Was willst du denn werden?«

»Ich will einer werden, dem alle gehorchen, für den alle rennen, vor dem alle buckeln. Einer, der sehr mächtig ist. Ein *Patrón* will ich sein! Willst du noch eine Banane?«

Coco nickte heftig.

»General wäre schön«, sagte der Junge.

»Weißt du, wo der Vulkan ist?« fragte Coco.
Der Junge nickte und deutete mit dem Kinn in eine Richtung. »Aber Präsident ist auch nicht schlecht«, sagte er.
»Ist es weit von hier bis zum Vulkan?«
»Mit der Straßenbahn eine halbe Stunde bis zur Endstation. Was meinst du zu Kapitän?«
»Ich habe kein Geld für die Straßenbahn.«
»Man kann ja auch zu Fuß gehen«, sagte der Junge.
»Und wie weit ist es zu Fuß?«
»Was weiß ich? Zwei oder drei Stunden oder mehr. Ich finde es großartig, so ein ganzes Schiff unter sich zu haben, und alle müssen tun, was man will.«
»Ich habe keine Schuhe, ich muß warten bis heute abend, bis es kühl wird...«
»In fünf bis sechs Jahren kann ich's vielleicht schaffen. Für die fünfundzwanzig Cruces und dreißig Centavos habe ich ein Jahr gebraucht. Denn manchmal muß man ja auch was Warmes essen, und dann das Lesen. Ich hab einen an der Hand, der geht in die Schule, der hat reiche Eltern, und abends kommt er ab und zu vorbei und zeigt mir die Buchstaben. Für jeden Buchstaben zahle ich ihm fünfzig Centavos. Das ist teuer. Aber ein Boß, der nicht lesen kann, wird nicht ernst genommen. Kannst *du* lesen?«
Coco, den Mund wieder voll Banane, schüttelte den Kopf.
Der Junge dachte nach, dann sagte er: »Verkauf doch, was du im Koffer hast.«
»Geht nicht«, sagte Coco. »Es ist eine Madonna.«

»Und wenn du auf einem Parkplatz Autos bewachst?« fragte der Junge. »Dort hättest du Chancen. Dir traut man zu, daß du niemanden ranläßt.«
»Ich habe keine Zeit«, seufzte Coco. »Ich muß auf den Vulkan.«
Der Junge riß die Augen auf. »Keine Zeit? Aber du sitzt doch die ganze Zeit hier rum!«
»Das ist es ja eben«, sagte Coco traurig. »Vorgestern hab ich ihn geschenkt bekommen, und gestern bin ich stundenlang auf ihn zugefahren. Und jetzt hab ich kein Geld mehr zum Fahren und keine Schuhe mehr zum Gehen, und den Weg kenne ich auch nicht.«
»*Dir* gehört der Vulkan?« staunte der Junge und sah ihn ehrfürchtig an. »Wenn das so ist, dann mußt du hin. Ich begleite dich. Ich glaube, ich finde den Weg.«
»Glaubst du wirklich?« fragte Coco, nun hellwach.
»Aber du brauchst Schuhe«, sagte der Junge. »Ohne Schuhe kommst du nicht bis auf den Vulkan.« Er dachte angestrengt nach. Dann sagte er: »Paß noch einmal auf mein Zeug auf, ja? Ich hab da eine Idee –«
Er schoß davon und kam nach einigen Minuten atemlos wieder. Aus seinem Hemd zog er ein Paar Männerhalbschuhe. Sie waren nicht mehr neu, aber noch leidlich gut erhalten. »Da – probier!« sagte er stolz.
Coco mühte sich vergeblich, seine riesigen Füße in die Schuhe hineinzuzwängen.
»Wir müssen sie umtauschen«, sagte der Junge. »Am besten, du kommst selber mit. Da kannst du sie gleich dort anprobieren.« Er nahm sein Schuhputzzeug

unter den Arm und führte Coco durch den Park bis ans andere Ende. Coco stelzte wie ein Kranich über den heißen Kies, aber der Junge tröstete ihn.
Am Ende des Parks gingen die Rosenbeete in eine große Wiese über, auf der Palmen wuchsen. Männer lagen im Schatten. Manche kauerten und dösten vor sich hin, aber die meisten hatten sich ausgestreckt und schliefen.
»Von dem dort sind die Schuhe«, flüsterte der Junge. »Der hat's noch gar nicht gemerkt. Warte hier auf mich. Ich geb ihm die Schuhe zurück. Dann suche ich einen mit größeren Füßen.«
Er maß die Länge von Cocos Fußsohlen mit einem Grashalm. Während er, die Schuhe im Hemd, lässig unter den Palmen herumschlenderte und sich dem Schuhbesitzer unauffällig näherte, setzte sich Coco auf die Wiese, stellte die Bürstenschachtel und die Fußstütze zusammen mit dem Koffer zwischen seine Füße und schaute dem Jungen nach. Der pflückte in der Nähe des Nacktfüßigen ein paar Gräser und ließ dabei die Schuhe fallen. Darauf umkreiste er andere Schläfer, die ihre Schuhe abgestreift hatten. Er gab sich übermütig, schlug Purzelbäume, hüpfte auf einem Bein zwischen den Schläfern herum und kroch, als suche er Käfer, auf den Händen und Füßen weiter. Schließlich kehrte er mit einem anderen Schuhpaar im Hemd zu Coco zurück.
»Es sind nur Sandalen«, sagte er leise, »auch nicht groß genug. Aber bei denen kannst du vorn die Zehen rausgucken lassen. Mach schnell. Wenn sie passen,

müssen wir uns schleunigst verziehen. Da gab's auch ein Paar Halbschuhe, riesiggroß, das richtige für dich, aber der Kerl hatte sie an den Füßen. Na, wie passen sie?«

»Wenn man die Zehen nicht mitrechnet, passen sie ganz gut.«

»Oder meinst du, wir sollten warten und schauen, ob der dort seine Halbschuhe nicht doch noch auszieht?« meinte der Junge.

»Ich möchte lieber gleich gehen«, sagte Coco.

»Wir steigen drüben in die Straßenbahn«, sagte der Junge. »Dort drin erwischt uns keiner mehr. Ich zahle für dich.«

Coco nahm den Koffer und trottete hinter dem Jungen her. Jetzt war ihm wieder wohl, er hatte Schuhe an den Füßen. Die Bahn kam, sie stiegen ein, der Junge zahlte stolz und sorgte für einen Sitzplatz. Sie saßen sich gegenüber und grinsten sich an, und als sie an der Parkwiese vorbeifuhren, beugten sie sich beide gleichzeitig aus dem Fenster und stießen mit den Köpfen zusammen. Unter den Palmen war alles ruhig.

Wieder sah Coco den Vulkan näherkommen, er erschien ihm noch schöner und großer als am Vortag. Für einen Augenblick verdeckte ihn eine Fabrik, dann fuhren sie in die Allee ein, hinter deren Bäumen er verschwand.

»Fahren wir auch richtig?« fragte Coco beklommen.

»Genau auf den Vulkan zu.«

Gärten und Villen tauchten auf, der Vulkan verschob

sich und zeigte Coco nur noch seinen gewaltigen Hang. Die Straßenbahn fuhr langsamer, es ging bergauf.

»Gleich sind wir da«, sagte der Junge.

Coco war verblüfft. Gestern war er den halben Tag lang gefahren, und heute sollte die Reise so schnell gegangen sein?

An der Endstation von Las Tamaibas drängten sich die letzten Fahrgäste hinaus.

»Steig aus«, sagte der Junge. »Hier dreht die Bahn um.«

Coco griff nach dem Koffer und stolperte hinaus, hinter dem Jungen her. Die übrigen Passagiere verliefen sich. Coco schaute sich erstaunt um.

»Aber wir sind doch noch gar nicht oben«, sagte er.

»Oben bist du noch nicht«, antwortete ihm der Junge, »aber so weit oben, wie du mit der Straßenbahn nur sein kannst. Das letzte Stück mußt du laufen.«

»Und wo ist er?« fragte Coco.

»Wenn wir aus der Stadt heraus sind«, sagte der Junge, »wirst du ihn sehen.«

Sie gingen langsam hangaufwärts.

»Du solltest noch etwas essen, bevor du hinaufwanderst«, sagte der Junge. »Dort oben bekommst du nichts.«

»Die Nonnen sind ja oben«, meinte Coco. »Mit einem großen Sack voll Essen.«

»Du weißt nicht«, gab der Junge zu bedenken, »wie lange du steigen mußt, bis du oben bist. Vielleicht sogar bis heute abend!«

»Ich hab aber kein Geld.«
»Ich bezahl's dir«, sagte der Junge.
Er führte Coco durch eine Villenstraße, an Gärten entlang, aus denen Blumen rankten und Büsche wucherten. Er blieb stehen und spähte durch eine Zaunlücke.
»Bei den Reichen wächst der Rasen besser«, sagte er nachdenklich.
»Ich glaube, wir gehen falsch«, sagte Coco und seufzte.
»Wir gehen doch bergauf«, sagte der Junge. »Merkst du das nicht? Alle Straßen, alle Wege, die bergauf führen, sind richtig.«
Ein Polizist begegnete ihnen. Er warf einen mißtrauischen Blick auf Cocos Koffer, blieb stehen und schaute ihnen nach, bis sie um eine Ecke gebogen waren. Nach einer Weile zeigte der Junge auf ein grellgelbes Schild an einem Haus, das zwischen blühenden Tamaibabäumen fast verschwand.
»Das ist ein Restaurant«, sagte der Junge. »Ich kann's deutlich lesen. Das E und die zwei A erkenne ich.«
Coco blieb stehen und starrte das Schild an, als ob auch er von den Buchstaben erwartete, daß sie sich ihm zu erkennen gäben.
»Es ist sicher ein teures Restaurant«, sagte der Junge, »denn in Las Tamaibas ist *alles* teuer. Aber das macht nichts. Du bist ja der Patrón des Vulkans.«
Sie traten durch eine Pergola ein, wobei Coco, der Riese, seinen Kopf einziehen mußte, um nicht das Blattgerank zu streifen. Am Ende der Pergola gerieten sie auf eine große Terrasse, von deren Brüstung

aus man in die Stadt hinabschauen konnte. Die Terrasse war leer, denn die Essenszeit war vorüber.
»Hier ist es schon fast so wie oben am Krater«, sagte der Junge und steuerte auf einen Tisch an der Brüstung zu. »Ganz viel Himmel, und tief unten die Stadt.«
Aber noch ehe sie den Tisch erreicht hatten, erschien eine Kellnerin und rief sie an: »Verschwindet! Hier wird nicht gebettelt. Habt ihr das Schild am Eingang nicht gesehen? Betteln und Hausieren verboten!«
»Wir wollen nicht betteln«, sagte der Junge stolz, »sondern essen!« Er zog seinen Brustbeutel aus dem Hemd und schwenkte ihn.
»Also gut«, antwortete die Kellnerin mürrisch. »Aber dort könnt ihr euch nicht hinsetzen. Ihr vertreibt die Kundschaft.«
Sie führte sie von der Terrasse hinab in einen verwilderten Garten. Dort stand, halb unter den Terrassenstützen, ein alter Gartentisch mit ein paar Stühlen, und da hieß sie die beiden niedersitzen. Die Tischplatte war mit Vogelmist bekleckert. Die Kellnerin verschwand in einer Kellertür, kam mit einem Lappen zurück und fuhr damit nachlässig über den Tisch.
»Was wollt ihr essen?« fragte sie.
»Für diesen Herrn«, sagte der Junge und zeigte auf Coco, »ein großes Steak mit Reis und zwei Eiern und Salat und ein Bier dazu.«
»Und du?«
»Nichts. Ich komme nur mit.«

Die Kellnerin warf einen Blick auf Coco, dann schaute sie den Jungen an und sagte: »Zu klauen gibt es hier nichts.«
Als sie gegangen war, sagte der Junge zu Coco: »Hier ist es auch nicht schlecht. Nicht ganz so hoch, aber die Stadt kann man immer noch sehen.«
Er stellte seine Schuhputzschachtel auf einen Stuhl, und Coco schob den Koffer unter den Tisch, zwischen seine Füße.
»Warum willst du nichts essen?« fragte er.
»Ich bin nicht hungrig«, antwortete der Junge und wich Cocos Blick aus. »Ich bin auch mal den Hang raufgeklettert«, meinte er nach einer Weile, »aber nur so zum Spaß. Erst kommen die Kakteen, und wenn die aufhören, geht's mit der Schlacke los. Die bröckelt einem unter den Fußsohlen weg. Es war noch einer mit, auch ein Schuhputzer. Wir sind oft hingefallen. Als wir wieder herunterkamen, waren wir ganz zerschunden. Dabei sind wir noch lange nicht oben gewesen.«
»Meine Haut ist wie Leder«, sagte Coco.
»Ich hab damals hinaufklettern wollen«, sagte der Junge, »weil ich einen Film von so einem Berg gesehen hatte. Die Eintrittskarte hat mir einer geschenkt, der sich von mir die Schuhe putzen ließ. Der war Kinobesitzer. Es war ein großartiger Film. Der Berg war auch ein Vulkan. Morochi hieß er. Er sah ganz ähnlich aus wie unser Macaruco. Da war ein guter Mensch, den hatten die anderen immer gehänselt und ausgelacht. Eines Tages hat er sich eine Rache

ausgedacht. Er hat ihnen erzählt, daß er in einem Bach am Hang des Morochi Gold gefunden hat.«
Coco lauschte mit offenem Mund.
»Gibt es das?« fragte er. »Liegen da wirklich goldene Ringe und Ketten und so was im Bach?«
Der Junge lachte. »Nein, winzige glitzernde Klümpchen, einfach so zwischen dem Sand. Da muß man scharfe Augen haben.«
»Und auf meinem Berg gibt es auch solche Goldkörner?« fragte Coco.
»Das war ja der Grund, weshalb ich mit meinem Kumpel den Hang hinaufgeklettert bin. Aber Goldklümpchen haben wir nicht gefunden. Nicht einmal einen richtigen Bach. Jedenfalls nicht auf der Vorderseite. Später hab ich von jemandem gehört, auf dem Macaruco gibt's überhaupt kein Gold.«
»Und wie ging die Geschichte weiter?« wollte Coco wissen.
»Er hat sie hoch hinaufgeführt, einen ganzen Tag lang. Dort oben fingen sie an, wie verrückt nach Gold zu wühlen. Denn mit einem Klumpen Gold kannst du dir die halbe Stadt kaufen. Er hat sich dann schnell davongeschlichen und sich nicht mehr um sie gekümmert. Halbtot kamen sie am dritten Tag unten an.«
»Das geschah ihnen recht«, sagte Coco.
Das Steak kam, ein wahrer Berg. Coco zog sofort den Teller an sich heran und begann zu essen. Er sah und hörte nichts mehr.
»Der Chef will, daß ihr gleich zahlt«, sagte die Kellnerin.

Der Junge nickte, zog den Brustbeutel aus dem Hemd, öffnete ihn feierlich und fragte: »Wieviel?«
»Drei Cruces fünfzig.«
Der Junge warf ihr einen erschrockenen Blick zu.
»Tja«, sagte die Kellnerin, »was kommt ihr auch hierher? Hier essen nur Reiche.«
Der Junge beugte sich über sein Geld, zählte und rechnete und begann zu schwitzen.
»Hier«, sagte er, »drei Cruces fünfzig. Und hier sind fünfzig Centavos Trinkgeld.«
»Ach laß nur«, sagte sie und schob die Fünfzig-Centavo-Münze zurück, »von dem da würde ich's annehmen, aber nicht von dir.«
Währenddessen saß Coco tief über den Teller gebeugt, schaufelte sich Reis und Fleisch in seinen Rachen und goß das Bier nach. Plötzlich hörten seine Kinnladen zu mahlen auf, er schaute den Jungen an, der schmächtig ihm gegenüber auf dem Stuhl saß und die Hände zusammengelegt hatte, und sagte: »Willst du nicht doch essen? Ich geb dir den Rest.«
Er schob ihm den Teller hin.
»Nein, nein«, rief der Junge hastig, »ich brauche es nicht. Wenn ich Hunger bekomme, heute abend vielleicht, kaufe ich mir ein paar Bananen. Iß du nur weiter. Du hast heute noch viel vor.«
Erleichtert atmete Coco auf und zog den Teller wieder zu sich herüber. Der Junge starrte auf die Gabel.
»Da«, sagte Coco und schob ihm das halbgeleerte Bierglas hin, »trink wenigstens einen Schluck.«

Der Junge kämpfte einen Augenblick mit sich selbst, ob er das Bier zurückweisen sollte, aber dann trank er es doch.
Kaum hatte Coco seinen Teller geleert, wurde er unruhig. »Jetzt wollen wir gehen«, sagte er.
»Hat es dir geschmeckt? Bist du satt?« fragte der Junge.
»Es war ganz großartig. Das vergesse ich dir nie.«
Der Junge strahlte.
»Und eins verspreche ich dir«, sagte Coco und erhob sich, »wenn ich einmal sterbe, bekommst du den Vulkan.«
»Ich?« rief der Junge, packte Cocos große Hand mit beiden Händen und küßte sie ab.
»Was machst du da?« fragte Coco verdutzt.
»Ich, ich, ich!« schrie der Junge, außer sich vor Freude. »Ich werde einmal der Patrón des Macaruco sein!« Er umarmte eine der Terrassenstützen. »O Madonna, o Madonna, ich werde ein Patrón sein!« Er sprang an Coco hoch und schrie: »Ach du guter Riese, du wunderbarer, ich werde für dich beten, und meinen ersten Sohn werde ich nach dir nennen. Wie heißt du eigentlich?«
»Pepe Amado«, sagte Coco.
»Und ich heiße Pio Sotomayor. Mein Sohn wird also Pepe Sotomayor heißen. Du sollst sein Pate sein.«
»Noch nie hat mich jemand als Pate haben wollen«, sagte Coco. Er hob den Koffer auf, Pio klemmte sich das Schuhputzzeug unter den Arm. Sie verließen das Restaurant und wanderten wieder bergauf.

VII.

»Du brauchst noch etwas für den Kopf«, sagte Pio. »Damit du ihn dir nicht versengst. Du brauchst einen Hut.«
»Mein Patrón hat immer gesagt, schwarze Haut ist für die Sonne da«, sagte Coco.
Aber Pio beugte sich schon über einen Mülleimer und wühlte.
»Komm«, rief Coco, »ich kann nicht mehr warten.« Mit großen Schritten entfernte er sich.
Nach einer Weile holte Pio Coco ein. Der trottete mit gefurchter Stirn dahin, immer geradeaus, die Straße hinauf.
»Ich hab ein rotes Tuch gefunden«, keuchte Pio, »es ist zwar kein Hut, aber du kannst dir's auf den Kopf legen. Das hilft auch gegen die Sonne.«
»Ich werde dir damit winken«, antwortete Coco, faltete das Tuch sorgfältig zusammen und steckte es ein.
Sie kamen bis ans Ende der Straße. Dort lag ein großer Schotterhaufen. Dahinter gerieten sie in eine Wildnis aus Brennesseln und weißem Blütengerank, Kakteen türmten sich neben dem Pfad auf, Vögel flatterten davon, Eidechsen huschten ins Gebüsch.
»Das alles gehört dir«, keuchte Pio, der kaum Schritt halten konnte, »die Vögel, die Eidechsen, die Kakteen, alles. Der Weg auch. Du kannst damit machen, was du willst.«

»Erst muß ich mich um den Gipfel kümmern«, sagte Coco.
Das blättrige Gerank verlor sich, je höher sie kamen, dafür nahmen die Kakteen zu, stämmige Gewächse, manche von ihnen doppelt so hoch wie Coco.
»Dort, wo die Kakteen aufhören, kehr ich um«, sagte Pio.
»Warum willst du umkehren?« fragte Coco. »Geh doch mit.«
»Dort oben kann ich kein Geld verdienen«, sagte Pio. »Und Geld brauch ich zum Lesenlernen. Ich werde dich zu Weihnachten besuchen. Ich bringe einen Puter mit, den spendier ich. Den braten wir uns dann.«
»Ist dort Feuer?« fragte Coco erstaunt.
»Hast du die Glut im Krater vergessen?« rief Pio.
Coco schlug sich auf die Stirn. »Ist es noch lange bis Weihnachten?« fragte er dann.
Pio wußte es nicht.
»Ich glaube«, sagte Coco und streckte die Hand aus, »da ist schon der Gipfel. Siehst du nicht, daß der Berg dort aufhört und der Himmel anfängt? Es ist also gar nicht mehr so weit. Kannst du vielleicht irgendwo zwei Nonnen sehen mit zwei Eseln?«
Pio schüttelte den Kopf. »Und dort oben ist auch nicht der Gipfel. Der ist noch viel höher.«
Querpfade kreuzten ihren Weg. Einmal stank es nach Aas. Geier flatterten auf.
»Wenn du krank wirst, kommt runter«, sagte Pio. »Ich pflege dich. Ich hab einen feinen Schlafplatz in einem Kanalrohr. Ich kann fast aufrecht darin stehen,

so breit ist es. Da paßt du auch hinein.« Und nach einer Weile sagte er keuchend: »Geh etwas langsamer, ja?«

Coco blieb stehen und schaute auf Pio herab. »Du, mit deinen Vogelbeinchen. Komm, ich werde dich tragen.«

Er stellte den Koffer hin, faltete das rote Taschentuch auseinander und breitete es sich über den Schädel. Dann hob er den Jungen mit beiden Händen hoch über seinen Kopf, setzte ihn rittlings auf seine Schultern, nahm den Koffer und stieg weiter hangaufwärts. Pio klammerte sich mit einer Hand an Cocos Kinn, mit der anderen hielt er Schachtel und Fußstütze fest.

»Ich kann das Meer sehen!« rief er.

Als sie dort angekommen waren, wo Coco den Gipfel vermutet hatte, mußte er einsehen, daß sie noch nicht mehr als einen kleinen Vorhügel erklettert hatten, nur einen Buckel im Hang. Über ihnen stieß der Berg, immer kahler werdend, in den Himmel.

»Aber dort oben ist der Gipfel«, sagte Coco zornig. »Dort *muß* er sein!«

»Jetzt kehr ich aber wirklich um«, sagte Pio.

»Schon?« rief Coco bestürzt. »Du hast doch gesagt, daß du bis dorthin mitgehst, wo die Kakteen nicht mehr wachsen.«

»Siehst du nicht, daß sie immer kleiner werden?« fragte Pio. »Sie sind jetzt nur noch so groß wie ich.«

Coco stapfte weiter bergauf, bis sich der Pfad verlor. Dann blieb er stehen.

»Hier oben gibt es keine Wege mehr«, erklärte ihm Pio. »Daran mußt du dich gewöhnen. Du mußt nun einfach geradeaus nach oben gehen, so lange bis es nicht mehr höher geht. Dann bist du auf dem Gipfel.«

»Das ist leicht zu merken«, sagte Coco.

»Laß mich jetzt absteigen«, bat Pio, »sonst verirre ich mich auf dem Heimweg – wie die bösen Männer im Film.«

»Aber dort oben steht noch ein Kaktus«, sagte Coco.

Unter seinen Füßen begann es zu knirschen. Das war die Schlacke.

Langsam erreichten sie den einsamen Kaktus. Er wuchs schief aus dem Boden. Seine beiden verkümmerten Arme waren von einer Art Krätze bedeckt.

»Ja«, sagte Pio. »Also.«

»Nur noch bis zum Gipfel«, bettelte Coco. »Wir sind doch gleich oben.«

Pio gab keine Antwort. Er hob die Schachtel von Cocos Kopf: Das rote Taschentuch war naß von Schweiß. Unschlüssig ließ er sie wieder sinken, während Coco mit großen Schritten weiter bergauf stapfte. Der Hang wurde immer steiler. Als sie oben ankamen, erkannten sie enttäuscht, daß es wieder nicht der Gipfel war, sondern ein Vorhügel des Vulkans. Hinter ihm bildete der Berghang eine flache Mulde, aus der er zum eigentlichen, endgültigen Gipfel anstieg. Über ihm stand eine dünne Rauchfahne. Sie verlor sich in der Bläue des Himmels.

Da lag er also vor ihnen, der Vulkan, der Riesenberg,

der Koloß, viel größer, als Coco ihn sich vorgestellt hatte.
»Madonna«, murmelte er, stellte den Koffer ab und bekreuzigte sich.
»An den muß man sich erst gewöhnen«, sagte Pio, »so groß ist er.«
»Der hat kein Gold nötig«, sagte Coco.
»Das alles gehört dir«, sagte Pio.
»Und wenn ich sterbe, dir«, antwortete Coco.
Pio schlang seine Arme um Cocos Hals und flüsterte ihm ins Ohr: »Stirb bald, ja?«
Schuhputzschachtel und Fußstütze, nun ohne Halt, rutschten von Cocos Kopf und fielen auf die Erde. Der Deckel klappte auf, Cremedosen rollten heraus, Bürsten rutschten ins Geröll.
»Hoppla«, sagte Coco erschrocken und hob Pio herab. Sie krochen auf Händen und Füßen umher und sammelten alles wieder ein.
»Setz dich da auf den Stein«, rief Pio, »ich putz dir noch deine Sandalen, bevor ich gehe. Mit der besten Creme. Sie sind ja ganz staubig. So kannst du nicht weitergehen, du müßtest dich schämen.«
Coco setzte sich erleichtert auf den Stein, Pio stellte Cocos Fuß zärtlich auf die Fußstütze, dann bürstete er den Staub von den Sandalen, cremte sie ein und rieb sie blank. Er putzte lange und immer wieder, bis die Riemen der Sandalen die Sonne widerspiegelten.
»Und was bin ich schuldig?« fragte Coco.
»Gratis«, sagte Pio, »weil du's bist.«
Dann stand er auf, nahm Schachtel und Fußstütze

unter den Arm, stellte aber beides noch einmal ab und streckte Coco die Hand hin: »Leb wohl, Pepe Amado.«

»Leb wohl, Pio Sotomayor«, antwortete Coco mit unsicherer Stimme. »Bis Weihnachten –« er hob den Jungen hoch und drückte ihn an sich. »Willst du meine Madonna sehen?« fragte er dann, öffnete den Koffer und enthüllte feierlich die Figur.

Pio betrachtete sie andächtig. Dann drehte er sich um und rannte den Berg hinunter.

Coco winkte mit dem roten Taschentuch.

VIII.

Als er den Hang hinaufkeuchte, ging die Sonne unter. Er stapfte noch ein Stück bergauf, so weit, bis er über den Vorhügel hinweg auf die Stadt hinunterschauen konnte. Sie war sehr klein geworden. Fenster blitzten rot, der Fluß funkelte rot durch die Stadt, rot glühte das Meer bis hin zum Horizont. Er lauschte, aber es drang kein Lärm mehr bis hier herauf. Es war überhaupt nichts zu hören außer dem Geräusch der ab und zu sich aus dem Gestein lösenden Lavaschlacken, die ein Stück talwärts rollten und dann liegenblieben.
Er durchschritt eine Gruppe riesiger Lavablöcke, die schräg über den Hang hinauf lange Schatten warfen. Als er sie hinter sich gelassen hatte, lag Dämmerung über der Stadt. Auch das Meer war schwarz geworden, nur noch der Gipfel des Vulkankegels glühte rot, und Coco schaute zu ihm auf und sagte laut: »Schön bist du, das ist wahr.«
Als auch diese Röte erloschen war, wurde es kühler. Coco begann zu frieren. Der Schweiß des Nachmittags trocknete auf seiner Haut. Er schritt schneller aus, um warm zu werden. Die Dunkelheit kam rasch. Er entschloß sich, in einer Bergfalte aufzusteigen, die ziemlich gerade auf den Gipfel zulief. Wenn es dunkel war, konnte er sich darin weniger leicht verirren.
Er rastete nicht. Er wollte keine Zeit verlieren, denn oben warteten die Nonnen mit Fleisch und Wein. Er hatte Durst.

Einmal drehte er sich um. Die Stadt glitzerte fern unter ihm. Sogar auf dem Meer funkelte es hier und dort, und bis weit hinaus in die Wüstenhügel führten Lichterketten. Als er zum Gipfel aufschaute, konnte er ihn kaum mehr erkennen. Aber er sah den blassen Schein wieder, den weißlichen, den Schimmer der Lohe im Krater. Darüber wurde er sehr froh. Jetzt war es sicher und gewiß: Dies war der Berg, den ihm der Mann geschenkt hatte.

Gegen Mitternacht wurde er sehr müde. Noch nie in seinem Leben war er so weit gewandert. Seine Zehen waren zerschunden und blutverkrustet. Einmal rannte er mit voller Wucht gegen einen Felsblock und schlug sich Stirn und Knie wund. Als er weiter oben keinen Durchschlupf im Geröll fand, beschloß er, dort den Morgen zu erwarten. Er öffnete den Koffer, wickelte die Madonna aus den Lappen und deckte sich mit ihnen zu. Erschöpft schlief er sofort ein.

Gegen Morgen kreisten Aasgeier über ihm. Als er sich bewegte und laut gähnte, verschwanden sie. Die Sonne beschien erst das Geröll über ihm, dann ihn selbst. Ein frischer Wind wehte. Er richtete sich auf und spähte hinunter zur Stadt. Sie lag unter einer dichten Dunstglocke. Nur das Meer schimmerte klar herauf. Er wickelte die Madonna wieder behutsam in die Lappen, bettete sie in den Koffer, schloß ihn und kletterte weiter.

Der Weg wurde immer mühsamer. Er mußte die Furche verlassen, denn sie lag voller Geröll. Allmählich lernte er, daß es leichter war, im Zickzack den

Hang hinaufzuwandern. Er keuchte und schwitzte. Die Lippen sprangen ihm auf, und die Zunge wurde dick im Mund.
Das letzte Stück unter dem Gipfel kam er kaum mehr vorwärts. Er schlotterte vor Kälte, obwohl die Sonne mitten am wolkenlosen Himmel stand. Gegen Mittag näherte er sich endlich dem bizarr zerklüfteten Kraterrand. Noch ein paar Schritte, und er stand vor dem Abgrund, aus dem weißer Dampf aufstieg, der, wie er bald merkte, ekelhaft stank. Neugierig und erschrocken zugleich beugte er sich vor und starrte in das riesige Loch, dessen schweflig-gelb geränderter Grund sich in Dampfschwaden verlor. Er setzte sich am Rand des Kraters nieder und packte die Madonna aus.
»Da, schau, das ist mein Berg«, sagte er und hielt sie über den Abgrund, »mein Krater, mein Dampf!«
Plötzlich legte er die Madonna in den Koffer zurück, sprang auf und hob die Arme.
»Mir, mir!« brüllte er, machte ein paar Sprünge zwischen Kraterrand und Vulkanhang, drehte sich und tanzte und brüllte heiser: »Mir gehörst du!«
Die Luft war dünn hier oben. Sein Gebrüll kostete ihn Kraft. Er ließ sich über den Koffer fallen und schlief bis in den späten Nachmittag.
Seine Träume drehten sich um Wein, der wie Bier schmeckte. Ununterbrochen trank er aus einer Korbflasche, die in einer Satteltasche an der Flanke eines Esels steckte. Die beiden Nonnen beugten sich über ihn. Sie ritten auf einem Esel, aber sie saßen nicht

hintereinander, sondern einander gegenüber, und zwischen ihnen hing die Flasche. Während er daraus trank, strichen sie ihm über den Kopf, tätschelten seinen Hals, bis er merkte, daß er ja selbst der Esel war, auf dem sie ritten.

Er wachte auf und dachte an die Nonnen. Er hielt die Hände an den Mund und rief laut, aber nichts rührte sich. Kein Echo, keine Antwort. Nur ein Windstoß trieb Dampf herüber, und er mußte husten von diesem ekelhaften Gestank. Er entschloß sich, den Kraterrand abzusuchen. Er stolperte, den Koffer in der Hand, rund um den Schlund herum, und es verging eine gute halbe Stunde, bis er wieder dort anlangte, wo er ihn erreicht hatte. Der Wind wechselte und trieb den Gestank hierhin und dorthin, und auf der anderen Seite war der Rand noch zerklüfteter. Eine schwarze Zunge, nun längst zu Schlacke erstarrt, war irgendwann einmal aus dem Krater gequollen und hatte bis tief hinunter in ein Tal geleckt, in dem ein Dorf lag.

Weit oberhalb des Ortes entdeckte er ein Haus mit hingeduckten Nebengebäuden. Ein Weg schlängelte sich aus dem Tal bis zu ihnen herauf. Die Lavazunge war an ihnen vorbeigeflossen.

Von den Nonnen und den Eseln war nichts zu sehen. Bald überkam ihn wieder diese Müdigkeit. Er schlief tief. Eine Gestankwolke weckte ihn, er mußte husten und würgte. Über ihm war der Nachthimmel hell erleuchtet. Er tastete sich vorsichtig bis an den Kraterrand, legte sich flach hin und schaute hinunter in den

Schlund. Da glühte es phosphorgelb und grünlich, verglomm und lohte wieder auf, Spalten und Schründe führten abwärts. Ihm fuhren Schauer über den Rücken. Zornig schlug er mit der Faust auf einen Schlackebrocken neben sich und schrie:
»Warte, du, ich werde dir's schon zeigen. Kuschen wirst du. Denn dein Patrón ist da!«
Und er spuckte in den Vulkan.

Der Moritat dritter Teil

I.

Zwei Tage später tauchte in den Zeitungen Leticias eine merkwürdige Meldung auf: In dem ehemaligen Ausflugsrestaurant, das auf dem jenseitigen Hang des Vulkans über dem Dorf Corocoro lag und seit dem Vulkanausbruch vor fünf Jahren nur noch von einem alten Ehepaar bewohnt wurde, war ein Raub verübt worden. Ein Schwarzer, so stand zu lesen, sei es gewesen, aber größer als ein Mensch, mit rollenden Augen, fürchterlich anzusehen, und dicken Lippen. Er sei nur mit Hemd und Hose bekleidet gewesen. Am hellichten Tage habe er plötzlich vor der Tür gestanden. Von unten, auf dem Weg vom Dorf herauf, sei er nicht gekommen. Er habe etwas gegrunzt, aber das sei nicht zu verstehen gewesen. Plötzlich habe er gebrüllt.

»Da schlugen«, hieß es in der Zeitung, »die beiden Alten die Tür vor ihm zu, denn sie fürchteten sich vor ihm. Aber er warf sich mit lautem Geheul dagegen und drückte sie ein. Dann taumelte er mit blutunterlaufenen Augen von Raum zu Raum, bis er einen vollen Wassereimer fand und über ihn herfiel. Er warf sich vor ihm hin und tauchte seinen ganzen Kopf ins Wasser, dann soff er wie ein Hund. Der Hausherr hatte inzwischen sein Gewehr herausgekramt. Aber es funktionierte nicht. Es war durch den langen Nichtgebrauch verrostet. Da hieb die alte Frau dem Schwarzen von hinten mit einer eisernen Schöpfkelle

auf den Kopf. Aber das machte ihm nichts aus. Er trank weiter. Dann stürmte er durchs ganze Haus und steckte sich ein Brot vorn ins Hemd. Auch zwei große Korbflaschen, mit Wasser gefüllt, schleppte er fort. Dieses Wasser hatte der Hausherr am Tage zuvor auf seinem Esel aus dem Dorf heraufgeholt, denn seit dem letzten Ausbruch des Vulkans gibt der Brunnen des Gasthofs kein Wasser mehr her.
Merkwürdig ist, daß der Räuber mit den Wasserflaschen den Hang des Macaruco hinaufstieg. Die Hausbewohner beteuern immer wieder, daß es darüber keine Zweifel geben kann: sie hätten ihm lange nachgeschaut. Erst als er weit oben am Hang war, hätten sie ihn aus den Augen verloren.«
Nach einer knappen Woche machte der Vulkan wieder von sich reden: Ein Geologe war auf der Stadtseite des Vulkans verschollen. Es handelte sich um einen Mann aus der besten Gesellschaft Leticias, nämlich aus der Familie der Pinillas, der auch der Erzbischof und der Bürgermeister angehörten. Suchtrupps fanden ihn in einer der Talfurchen am Hang oberhalb der Mulde. Sie kamen auf seine Spur, nachdem sie auf Papiere gestoßen waren, die mitten in der Lavalandschaft umherflatterten, und jemand entzifferte darauf geologische Notizen. Nicht weit davon lag er, schon völlig entkräftet, nur noch mit Hemd und Hose bekleidet. Seine Fußsohlen waren blutig, seine Hände zerschürft. Sie trugen ihn auf einer Bahre hinunter, und erst am nächsten Tag war er vernehmungsfähig: Ein riesiger schwarzer Mann habe sich ihm hoch

oben in den Hängen des Vulkans genähert, habe sich auf ihn geworfen, habe ihm die Schuhe von den Füßen gerissen und die ProviantTasche abgenommen, an der sein Pullover festgeschnallt gewesen war. Schmatzend und kauend sei er hangaufwärts davongestiegen. Er habe gefressen wie ein Tier. Er selber, der Geologe, habe versucht, auf bloßen Füßen zu Tal zu steigen, aber das habe er bald aufgeben müssen.

Der Geologe war ein Außenseiter der Familie, galt als Spintisierer. Schon allein der Beruf, den er gewählt hatte, entsprach nicht der Tradition der Pinillas, denn weder große Reichtümer noch Macht ließen sich durch ihn erwerben, und so nahm man ihn nicht ernst. Wohl schickte der Polizeipräsident ein paar Polizisten hinauf, um dem Bürgermeister seine Verbundenheit zu beweisen, aber diese Patrouille hatte nur den Befehl erhalten, nach dem Räuber Ausschau zu halten und ihn festzunehmen, sofern sie ihm begegne. Sie kam bis in die Mulde, dort frühstückten die Leute. Dann wurde ein Feldstecher im Kreis herumgegeben, jeder schaute durch, aber keiner sah etwas außer Himmel und Lavaschlacke, und so kehrten sie wieder heim.

Bald ging das Gerücht um, daß die ganze Geschichte mit dem Schwarzen nur erfunden sei. Vielleicht habe der Geologe im Eifer seiner Forschungen die Schuhe abgelegt und den Brotbeutel irgendwo unterwegs verloren. Denn was sollte ein Mensch, und selbst ein Schwarzer, auf dem Vulkan, noch dazu allein?

Eine Woche lang war Ruhe, nur im Dorf jenseits des Vulkans verschwand ein riesiges Stück Räucherfleisch, ein halber Schweinerücken, aus einem Vorratshaus. Und ein Mangobaum wurde eines Nachts abgeerntet. Aber diese Neuigkeit drang nicht bis nach Leticia. Wen interessierte das schon? Gestohlen wurde überall und jede Nacht.

Ein paar Betrunkene wollten nachts eine große Gestalt am Dorfbrunnen gesehen haben, die zwei Korbflaschen mit Wasser füllte und wieder fortging. Aber es war eine dunkle Nacht gewesen, sie hatten nicht erkennen können, wer es war und wohin die Gestalt verschwand, und außerdem waren sie zu diesem Zeitpunkt nicht im Vollbesitz ihrer Sinne gewesen. Alle, denen sie es erzählten, lachten sie aus. Freilich, es war nicht alltäglich, daß ein Mann nachts zum Brunnen ging, aber es kam vor.

Ein paar Tage später entstand wieder Unruhe: Im Viertel Las Tamaibas war mitten in der Nacht ein Mann über den Zaun einer Villa geklettert, war in den Garten eingedrungen, hatte den Hund, der ihn ankläffte, mit einem Stein erschlagen und hatte darauf die Hintertür eingedrückt. Es war niemand im Hause gewesen außer dem Dienstmädchen, das aus der Kammer stürzte, wo sich auch ihr Liebhaber befand, der die Abwesenheit des Hausherrn und dessen Frau auszunutzen verstanden hatte. Als das Mädchen die riesige Silhouette mitten in der Küche stehen sah (»Das war kein Mensch, das war ein Monster!«), wollte sie wieder in ihr Zimmer zurückflüchten, aber der Einbrecher war mit einem Sprung bei ihr, packte sie und soll gesagt haben: »Ich hab Hunger!« Sie wollte Licht machen, aber er verbot es ihr. Da deutete sie auf die Speisekammertür und stotterte: »Da drin ist alles!« Er ging hinein und kümmerte sich nicht mehr um sie. In einem Anflug von Tollkühnheit schloß sie die Tür hinter ihm ab und rannte davon, zurück in ihr Zimmer, in ihr Bett, wo der Liebhaber um sein Leben zitterte.

Nach einer Weile hörten beide ein furchtbares Gepolter, aber weder er noch sie trauten sich hinaus, und am anderen Morgen, nachdem der Liebhaber fortgeschlichen war, fand das Mädchen die Speisekammer leer. Die Tür hing schief in den Angeln. Es fehlten ein Brot, ein ganzer Ring Wurst, ein Dutzend Bananen, ein Paket Zwieback und eine Tüte voll Mandeln. Und draußen im Garten lag der Hund, schon steif, mit eingeschlagenem Schädel.

Das Mädchen lief zur Polizei und erstattete Anzeige. Viele Leute machten sich nun ernsthafte Gedanken um diesen Vulkanmenschen, aber als der Hausherr am nächsten Tag zurückkehrte, fragte er das Mädchen gründlich aus, gründlicher als es die Polizei getan hatte, und es kam heraus, daß sie in dieser Nacht nicht allein gewesen war. Daraus schloß er, daß der Einbrecher mit dem Liebhaber identisch sein mußte, und entließ das Mädchen fristlos, nachdem sie ihm Namen und Adresse ihres Liebhabers hatte gestehen müssen. Der kam ins Gefängnis und wurde wegen Einbruchs zu zwei Jahren Haft verurteilt. Indizien hatten sich genug gefunden, obwohl das Mädchen beteuerte, er sei es nicht gewesen, und der andere, der echte Einbrecher, habe wie ein Schwarzer gerochen.

Nun verstummten die Gerüchte um jenes Phantom, bis das alte Ehepaar aus dem ehemaligen Ausflugsrestaurant bei dem Dorfpolizisten auftauchte und lamentierte: Der Schwarze sei wieder bei ihnen gewesen, sogar dreimal nacheinander im Abstand von drei oder vier Tagen. Er habe Wasser weggeschleppt, genauso wie das erste Mal, und Brot auch, im ganzen vier Laibe, und habe sogar mit ihnen geredet. Er komme wieder, habe er gesagt. Ja, und er habe beim dritten Mal sogar die Suppe vom Herd genommen und sie in aller Eile ausgelöffelt, schlimmer als ein Tier, sie sei ihm dabei aus dem Mund getropft. Und einen Pullover habe er jetzt angehabt, der sei ihm aber zu klein gewesen.

Der Polizist entschloß sich, selbst nach dem Rechten zu sehen, hängte sein Gewehr um und nahm Proviant für ein paar Tage mit, vor allem Wein. Die alten Leute waren glücklich: Endlich würde der Spuk aufhören. Sie lasen dem Polizisten jeden Wunsch von den Augen ab. Der Mann trug ihm die große, bauchige Weinflasche, die Frau nahm ihm das Gewehr ab und schleppte es hinter ihm her. So kamen sie auf dem Hof am Lavahang an. Der Polizist richtete sich – nach einem ausgiebigen Mahl – am Fenster ein und suchte von dort den Hang mit seinem Fernglas ab. Einen ganzen Nachmittag lang geschah nichts.

Da der Räuber immer nur bei Tage gekommen war, schloß der Polizist, daß während der Nacht nicht mit einem Angriff zu rechnen sei. Alle drei gingen schlafen, und es ereignete sich wirklich nichts. Der nächste Tag wurde lang. Auf dem Hang rührte sich nichts, und die beiden Alten waren auch nicht gerade unterhaltsam. Da blieb dem Polizisten nichts anderes als der Wein. Er fing an zu trinken, und am späten Nachmittag, als der Räuber erschien, war er so betrunken, daß er seine Flinte nicht mehr fand.

Der Schwarze kam, stieß die Haustür auf und steuerte in die Ecke, wo er das Brot wußte. Die beiden Alten wagten nicht, sich zu rühren, und warfen dem Polizisten beschwörende Blicke zu. Der erhob sich schwankend und taumelte dem Schwarzen entgegen. Die Frau schrie auf und hielt sich die Augen zu. Aber es passierte nicht viel. Der Schwarze nahm sich zwei Brote, schob den Polizisten beiseite, ergriff dessen Korbflasche, die noch gut halbvoll war, und ging davon.

Der Rapport des Gendarmen an die vorgesetzten Behörden schilderte die Ereignisse allerdings anders: Ein Räuber, Einbrecher oder Schwarzer sei nicht aufgetaucht. Besagter Einbrecher müsse ein Phantom sein, der Phantasie der beiden Alten entsprungen. Mehr könne er, der Gendarm, nicht sagen.

Ein paar Wochen lang hörte man nichts mehr von jener seltsamen Erscheinung, und Leticia vergaß sie. Die beiden Alten auf dem Hang wurden währenddessen von dem Phantom regelrecht ausgesaugt. Die

Hälfte von dem, was sie aus dem Tal heraufschleppten, was sie eingetauscht hatten gegen mühsam gewebte Teppiche und was sie dringend brauchten, um da oben auf dem einsamen Gehöft leben zu können, nahm es ihnen weg, ohne zu fragen. Alle drei bis vier Tage tauchte es auf, brachte die leeren Korbflaschen zurück, füllte sie mit dem Wasser, das der Esel heraufgetragen hatte, und verschwand wieder in den Vulkanfalten. Es nahm Fleisch und Brot, es nahm Schafskäse und Melonen mit. Wenn es zur Mittagszeit erschien, aß es die Schüsseln leer. Selten sprach es. Aber einmal fragte es, wann Weihnachten sei.

Die Alten liefen wieder zur Polizei, zweimal, dreimal. Aber sie erreichten nichts mehr. Der Polizist nickte und speiste sie mit der Begründung ab, er sei unabkömmlich, er sei für das ganze Dorf da.

Die Alten waren ratlos. Ihr Sohn lag unter der Lava. Bevor der Vulkan ausgebrochen war, hatte er den Hof zu einem Gasthof gemacht, und die Leute aus Leticia waren mit Vergnügen heraufgekommen, denn die Aussicht hier oben war wunderbar. Mit Eseln waren sie heraufgeritten. Aber jetzt war der Sohn tot und der Brunnen versiegt, und sie selbst bekamen unten im Dorf für ihre Teppiche nicht mehr Geld als vorher. Wie sollten sie da noch diesen Kerl vom Vulkan mit seinem unbeschreiblichen Appetit miternähren?

Zwei Tage vor Weihnachten nahm er besonders viel mit: alles Räucherfleisch, das sie sich mühsam zusammengespart hatten, dazu ein gutes Dutzend Eier, einen Käse und einen großen Beutel mit getrocknetem Fisch. Sie hatten das Räucherfleisch und den Fisch vor ihm versteckt, aber er hatte gesagt: »Ich brauche mehr. Ich bekomme Besuch.«

»Wir müssen auch etwas essen«, hatte der Alte gejammert, aber er hatte gesagt: »Ich bin der Patrón des Vulkans. Wenn ihr Schwierigkeiten macht, erschlage ich euch.«

Da beschlossen sie schweren Herzens, den alten Hof zu verlassen und ins Dorf zu ziehen. Dort würden sie wenigstens ihren Frieden haben.

II.

Am Heiligen Abend – einem überaus heißen Tag – war ein älterer Bankdirektor in Las Tamaibas, Junggeselle und, wie es hieß, Millionär, damit beschäftigt, in seinem Garten eine kleine Zypresse als Christbaum herzurichten, wie es in Las Tamaibas üblich war. Die elektrischen Kerzen hatte er schon anmontiert und war nun dabei, einen Arm voll Lametta gleichmäßig auf die Zweige zu verteilen. Das war eine Arbeit, die er nie der Haushälterin überließ.

Obwohl in der Badehose, hegte er feierliche Gedanken. Seine Haushälterin trat zuweilen heraus, brachte ihm neue Eiswürfel für seinen Drink und fragte nach seinen Wünschen. Neben ihm lag sein Hund, hinter ihm schimmerte sein Haus in der Sonne, vor ihm prangten blühende Hibiskusbüsche. Er fand, daß er allen Grund hatte, eine frohe Weihnacht zu feiern.

Als er das Lametta ausgebreitet hatte, ließ er sich die Kugeln herausbringen: lauter rote Glaskugeln, andersfarbige gehörten nicht in die Familientradition. Er betrachtete sie zufrieden, ließ die Sonne darauf spielen und beschloß, bevor er sie aufhängte, sich ein wenig auszuruhen. Der Liegestuhl stand schon im Schatten bereit. Schwer ließ er sich hineinfallen.

Er blinzelte über das Zaungebüsch zum Vulkan hinauf. Die Kakteen blühten gelb, das fiel ihm plötzlich auf. Es ist eigentlich eine Risiko, sich am Fuße eines Vulkans anzusiedeln, dachte er. Aber bisher war der

Berg immer zur anderen Seite hin ausgebrochen, immer dorthin, wo niemand wohnte, und nur damals, vor ein paar Jahren, hatte eine Lavazunge fast das Dorf Corocoro erreicht. Ein Zufall. Eine Ausnahme, die die Regel bestätigt. Jedenfalls lag die Stadt absolut sicher. Das hatten ja schon die früheren Generationen von Leticiern erkannt. Warum hätten sie sich sonst am Fuß des Macaruco angesiedelt? Warum waren sie, angesichts der Gefahr, nicht in Scharen fortgezogen? Diese Tatsachen sprachen für sich. Und es war kein Umstand denkbar, der den Vulkan veranlassen konnte, seine Gewohnheiten zu wechseln.

Als sein Blick über die Kakteenhänge hinstrich, entdeckte er einen Mann, der talwärts schritt. Er wunderte sich. Was tat ein Mensch an diesem heißen Nachmittag, noch dazu am Heiligen Abend, dort oben zwischen den Kakteen?

Später verlor er ihn aus den Augen. Nun war er wohl schon weiter unten am Hang, unter den hohen Kakteen, mitten im Dickicht. Als die Haushälterin einen Kaffee servierte, vergaß er den Mann.

Eine halbe Stunde später – der Baum war längst geschmückt – lag er wieder im Liegestuhl und erwartete die Dämmerung. Die elektrischen Kerzen waren schon an die Leitung angeschlossen, sie funktionierten, er hatte sich davon überzeugt, und nichts fehlte als die Dunkelheit, um in den Genuß der vollen Weihnachtsstimmung zu kommen. Er erwartete Gäste: seine beiden Tanten.

Plötzlich raschelte es im Gebüsch, die Zweige teilten sich, ein riesengroßer schwarzer Mann erschien über der Mauer. Er sprang mit einem Satz in den Garten hinein, auf den Weihnachtsbaum zu, und zerrte an ihm. Es regnete Lametta. Ein paar Kugeln zerbrachen. Der Hund zog sich lautlos zurück und verkroch sich unter dem Liegestuhl.
Don Pelegrino, dem Bankdirektor, verschlug es die Sprache.
»He, Sie«, stotterte er, »was soll das bedeuten?«
Aber noch bevor er aus dem Liegestuhl hochkommen konnte – er war ziemlich korpulent –, hatte der Fremde den zierlichen Baum schon samt den Wurzeln aus der Erde gerissen und trug ihn davon. Das Kabel der elektrischen Leitung schleifte über den Rasen.
»Hilfe!« schrie Don Pelegrino.
Mit einem Satz war der Schwarze auf der Mauer. Er grinste noch einmal zurück, dann war er weg. Das elektrische Kabel kroch ihm wie eine Schlange nach.
Jetzt kam der Hund unter dem Liegestuhl hervorgeschossen, sprang an der Mauer hoch und kläffte. Don Pelegrino starrte auf die Kugelscherben, die rot aus dem Grase leuchteten, und auf die Mauer, über der sich noch die Zweige bewegten. Die Nachbarn liefen zusammen und betrachteten das Erdloch, das von Lametta umsäumt war.
»Ihm nach!« rief Don Pelegrino. »Sofort ihm nach! Zwischen den Kakteen muß er stecken!«

Aber es war Heiliger Abend, niemand hatte Lust, wegen eines Weihnachtsbaums zwischen den Kakteen und stachligen Gewächsen herumzukriechen.
Nicht einmal die Polizei, die eine Weile später eintraf, wollte sich auf die Suche machen. Sie fotografierte nur das Erdloch und die Scherbenspuren, auch ein Lehmhäufchen auf der Mauer, und tröstete Don Pelegrino. Das müsse ein Irrer gewesen sein. Wer anders käme sonst auf den Gedanken, einen weihnachtlich geschmückten Baum zu stehlen? Nach dem Fest würde er ihn vielleicht heimlich wieder zurückbringen, denn offensichtlich handle es sich um keinen gewöhnlichen Dieb.
An der Welt verzweifelt, verschwand Don Pelegrino in seiner Villa und ließ die Rolläden herab. Aber eine Stunde später, kurz vor Sonnenuntergang, rief ihn die Haushälterin aufgeregt aus seinem Zimmer: der Räuber sei gesichtet worden! Man könne ihn deutlich sehen, er stehe oben auf dem Hang und winke.
Don Pelegrino stürzte hinaus. Überall in den Nachbargärten standen Leute, auf den Hang deutend. Er hastete ins Haus zurück und holte seinen Feldstecher. Er brachte ihn kaum vor die Augen, so zitterte er. Ja, es war derselbe Mann, ein Hüne von einem Schwarzen, hoch oben am Hang stand er, dort, wo die Kakteen nur noch Krüppel waren. Er hielt den Christbaum in der Hand. Die Sonne spiegelte sich in den roten Kugeln. Don Pelegrino traten die Tränen in die Augen.
»Der Schuft«, keuchte er, »und winkt auch noch!«

Ja, er winkte mit einem roten Tuch. Alle sahen es und amüsierten sich. Vielleicht ein Bankangestellter, den Don Pelegrino entlassen hat, dachten die Nachbarn. »Hundert Cruces Belohnung für den, der mir den Baum wiederbringt!« schrie Don Pelegrino.
Aber dieses Angebot hätte nur Arme gereizt. Hier in Las Tamaibas gab es keine Armen, außer den Dienstmädchen, und die kamen nicht in Betracht. Hundert Cruces, was war das schon?
»Bis unsereiner dort oben ankommt«, sagte ein Nachbar über den Zaun, »ist er längst über alle Berge, zumal er von oben herab sehen kann, wie und wo wir kommen. Und in einer halben Stunde ist es stockfinster. Wo sollen wir dann suchen?«
In Las Tamaibas sah man den Mann auf dem Hang winken, bis die Dämmerung einbrach und ihn unsichtbar machte. Der Vorfall verbreitete sich in Windeseile im ganzen Viertel. Man lachte. Aber am nächsten Morgen schlug die Stimmung um, nachdem eine neue Nachricht umlief: Don Pelegrino hatte in der Nacht einen Schlaganfall erlitten. Es stand schlecht um ihn.
Jeder ergriff jetzt seine Partei, denn den Tod wünschte ihm niemand. Die Tat des Christbaumräubers empfand man plötzlich als überaus sträflich, ja pervers, und jetzt hätten sich viele gefunden, die für Don Pelegrino durch die Kakteen gekrochen wären. Es wurden Vermutungen angestellt, ob nicht doch jener Schwarze existiere, der seit einiger Zeit die menschlichen Behausungen rings um den Vulkan unsicher

mache und möglicherweise identisch sei mit dem Christbaumräuber.
Don Pelegrino genas, aber sein Mund blieb schief. Seinen Weihnachtsbaum fand ein Pärchen Ende Januar nicht weit von der Stelle, wo der Räuber mit dem Tuch gewinkt hatte. Etwas Lametta hing noch daran, auch die elektrischen Kerzen fehlten nicht, nur die roten Kugeln waren bis auf ein paar Scherben verschwunden. Aber das Pärchen brachte den Baum nicht heim, denn beide, er und sie, halbe Kinder noch aus reichen Häusern in Las Tamaibas, waren ohne Wissen ihrer Eltern den Kakteenhang hinaufgeklettert. Der junge Mann schleifte den Baum bis kurz vor die ersten Gärten von Las Tamaibas. Dort fand er ihn angeblich am nächsten Tag und brachte ihn Don Pelegrino, der schief lächelte.

III.

Kurz nach Weihnachten wurden Einbrüche und Diebstähle in Corocoro verübt, die das übliche Maß an derartigen Vergehen weit überstiegen, und bald wurde klar, daß sie alle von demselben Urheber herrührten, einem Schwarzen. Er kam meistens bei Nacht, und sein Gesicht wirkte wie eine Maske, denn es war mit hellgrauer Asche beschmiert. Allen diesen Überfällen war eines gemeinsam: Nie ging es dem Dieb um Geld. Er interessierte sich nur für Dinge, die sich essen und trinken ließen. Nebenbei nahm er auch mal ein Messer mit. Den Hut des Bürgermeisters stahl er ebenfalls, warf ihn aber später wieder weg, denn er war ihm offenbar zu klein. Er hatte den Bürgermeister auf dem Feld überfallen und ihm auch das Vesperbrot abgenommen.

»Es wird derselbe Teufel sein wie oben in unserem Hof«, meinten die beiden Alten aus dem Gasthaus am Lavahang.

Der Dorfgendarm forderte nun Verstärkung aus der Stadt an. Zwei Hilfsgendarmen erschienen, mißmutig ob der Versetzung in den langweiligen Flecken. Man beriet sich, ein Plan wurde ausgearbeitet. Man schickte einen Posten auf den Kirchturm.

Gleich am zweiten Tage nach den Vorbereitungen kam er, kurz nach Mitternacht. Der Posten konnte ihn nicht sehen, weil es finster war, und außerdem schlief er. Mit zwei Broten aus dem Hause des

Pfarrers und einer Flasche, die er in aller Ruhe am Dorfbrunnen füllte, zog der Räuber ab.
Das nächste Mal erschien er in der Abenddämmerung. Der Posten hatte rechtzeitig Zeichen gegeben, und jetzt hockten die drei Polizisten mit schußbereiten Gewehren in der Sakristei, nicht weit vom Brunnen, und erwarteten ihn. Er kam mit zwei Korbflaschen, stapfte in das Haus einer alten Witwe, das am Anfang des Dorfes lag, nahm ihr eine Melone und ein paar kleine Maiskuchen ab, verschwand dann im Nachbarhaus, nahm dort ein großes Brot an sich, das er wie die übrige Beute vorn in sein Hemd steckte, und steuerte schließlich auf den Brunnen zu, wieder mit Asche im Gesicht, die ihn unkenntlich machte. Kaum hatte er sich über den Brunnenrand gebeugt, kamen die Polizisten mit Gebrüll aus der Sakristei gestürzt. Der Schwarze schaute erschrocken auf. Im gleichen Augenblick brüllte es auch hinter seinem Rücken. Ein paar Männer des Dorfes, darunter der Bürgermeister, hatten sich hinter einer Mauer verschanzt und brachen nun hervor.
»Ergib dich«, rief der Dorfgendarm, »du hast keine Chance.«
Der Schwarze duckte sich und schaute sich um.
»Nimm die Arme hoch«, sagte der Bürgermeister.
Er hob die Arme, aber er ließ die beiden Korbflaschen nicht los. Er hob sie hoch über seinen Kopf.
»Du bist ja ganz vernünftig«, sagte der Gendarm, »aber die Flaschen brauchst du nicht mit hochzuheben.«

Er näherte sich dem Riesen mit Handschellen. Aus allen Türen stürzten jetzt die Dorfleute herbei und johlten.
»Na, nun gib schon deine Pfoten herunter«, sagte der Gendarm und hielt ihm die Handschellen entgegen. Da ließ der Schwarze die beiden Korbflaschen heruntersausen. Dem Gendarm blieb nicht einmal Zeit, sich zu ducken. Die eine der beiden Flaschen zerschellte auf seinem Kopf. Er fiel um wie ein Sack. Die beiden Hilfspolizisten stürzten sich auf den Schwarzen, die Dorfleute halfen ihnen. Einer hieb ihm mit einer Peitsche über den Schädel. Das brachte ihn in Wut. In der einen Hand die Scherbe des Flaschenhalses, in der anderen die noch heile Korbflasche, schlug er wild um sich. Dem Hilfsgendarm riß er mit der Scherbe den Arm auf, dessen Kameraden traf er ins Gesicht und schnitt ihm tief in die Wange. Die Frauen, die in den Fenstern lagen, kreischten auf. Drei junge Burschen sprangen ihn von hinten an und hängten sich an seine Arme und Beine. Sie brachten ihn zu Fall, aber er kam schneller wieder hoch als sie und trat und schlug auf sie ein. Dann stürzte er sich auf die Männer, die im Hintergrund als Zuschauer herumstanden. Die meisten wichen zurück. Nur wenige setzten sich zur Wehr. Aber gegen die Flaschenscherben kam keiner an. Er teilte Hiebe aus, die fürchterlich waren. Dem Besitzer des Kramladens, der ihm ein Messer in das Brot jagte, das er vorn im Hemd trug, schlug er die Scherbe derart gegen den Kopf, daß sie ihm ein Ohr abschnitt. Der Mann wurde ohnmächtig. Da lag das

Ohr im Sand: Ein rotes Haarbüschel schaute aus der Muschel, und das sah so scheußlich aus, daß auch die Letzten die Flucht ergriffen. Der Schwarze aber stieg über den Gendarm hinweg, füllte die Korbflasche am Brunnen und schickte sich an, das Dorf zu verlassen.

In der Hütte der Witwe, die der Schwarze bestohlen hatte, hockte der Bürgermeister auf dem Dachboden, noch atemlos von der Flucht, und schob den Gewehrlauf zur Luke hinaus. Er hatte die Flinte des Gendarmen heimlich an sich genommen. Als der Schwarze an der Hütte, dem letzten Haus des Dorfes auf dem Weg zum Vulkan, vorüberkam, schoß er ihn an. Der Schwarze schrie laut auf, ließ die Flasche fallen und hielt sich den Arm. Dann rannte er laut brüllend wie ein Tier den Hang hinauf. Die weiteren Schüsse, die der Bürgermeister abfeuerte, erreichten ihn nicht mehr.

Die Nachricht vom Überfall erschien in allen Zeitungen. Also doch ein Monster, ein Tiermensch auf dem Vulkan! Die Verwundeten wurden interviewt, die Augenzeugen vernommen. Jemand brachte das abgeschnittene Ohr in die Redaktion. Man legte es auf geblümtes Seidenpapier und fotografierte es von allen Seiten. Der Dorfgendarm starb. Die Flasche hatte ihm den Schädel gespalten.

Die Einwohner von Las Tamaibas begannen mit den städtischen Behörden wegen eines verstärkten Polizeischutzes für ihr Viertel zu verhandeln. Aber noch ehe sie zu einem Resultat gekommen waren, erschien das Monster, eineinhalb Tage nach dem Vorfall in

Corocoro, am Rande von Las Tamaibas, diesmal um die Zeit des Sonnenaufgangs, zwängte sich durch eine Hecke und warf sich in ein kleines rundes Kinderbassin im Garten der Villa Miranda, in dem das Wasser nur flach stand. Der Gärtner, der über der Garage schlief, hörte es bis in seinen Traum hinein plätschern. Er wunderte sich, denn die Sonne konnte gerade erst aufgegangen sein.

Er stand auf und schaute aus dem Fenster. Rot glühten der Garten, das Haus, der Vulkanhang, und mitten im Bassin kauerte ein riesiger schwarzer Mann, tauchte den Kopf halb ins Wasser und trank.

Das ist er, dachte der Gärtner und wagte nicht, sich zu rühren. Der Mann trank so gierig und solche Mengen, daß der Gärtner zu zweifeln begann, ob ein normaler Mensch überhaupt soviel Wasser in sich unterbringen konnte.

Endlich richtete sich der Schwarze auf und fing an, seinen linken Arm zu waschen. Die Sonne rötete alles, auch das Wasser, das von diesem Arm herablief. Er winkelte ihn an, hob ihn, betastete ihn, aber dann fing er an, mit einer Plastikente zu spielen, die die Kinder am vergangenen Nachmittag im Bassin vergessen hatten. Er schob sie hin und her durch das Wasser, einmal hob er sie auch an seine Nase und beroch sie. Als ein Hund im Nachbargarten verschlafen jaulte, verließ er das Bassin. Er war mit Hemd und Hose im Wasser gewesen, und um den Gürtel hatte er noch einen Pullover gebunden, dessen Ärmel nun, schwer vom Wasser, herabbaumelten. Er tappte die Stufen

aus dem Bassin herauf und verschwand durch die Hecke, wie er gekommen war, eine nasse Spur hinter sich lassend.
Jetzt erst schlug der Gärtner Alarm. Erschrocken umstanden die Bewohner der Villa Miranda das Bassin, auf dessen schmutzigem Wasser die Plastikente schaukelte.
»Rührt sie nicht an«, rief der Hausherr, »sie hat Fingerabdrücke!«
Das Bad des Monsters im Bassin bewirkte, daß noch am selben Tag eine Petition der Einwohner des Viertels an den Bürgermeister verfaßt und diesem von den prominentesten unter ihnen persönlich überbracht wurde. Am nächsten Morgen rückten fünfundzwanzig Polizisten in Las Tamaibas ein, errichteten in einigen Gärten Zelte und patrouillierten, von Kindern bestaunt, an den Zäunen entlang, die an die Kakteenhänge grenzten. Die Dienstmädchen kicherten aus den Küchenfenstern.
Alle in Las Tamaibas wurden von der Spannung ergriffen. Ein Wachposten wollte den Schwarzen am Morgen des anderen Tages hoch oben am Hang gesehen haben. Jedenfalls schoß er hinauf, und der Schuß scheuchte die Leute aus den umliegenden Häusern aus den Betten, die Polizisten aus den Zelten. Aber sie bekamen nichts zu sehen, was ihre Neugier befriedigt hätte.

IV.

Auf der Straße zwischen Leticia und Corocoro, die am unteren Hang des Vulkans entlanglief, wurde noch am selben Tage ein alter Eseltreiber, ein Indio aus Corocoro, überfallen. Er hatte mit zwei Eseln Wein ins Dorf hinaufschaffen wollen. Man fand ihn tot mitten auf der Straße liegen. Die Esel grasten am Wegrand. Jemand hatte den Mann erschlagen, vielleicht sogar mit den Korbflaschen, die der eine der beiden Esel getragen hatte und die nun spurlos verschwunden waren. Offensichtlich hatte ein harter Kampf zwischen Räuber und Eseltreiber stattgefunden, denn in der Hand des Toten fand sich ein fremder Stoffetzen, und seine Fingernägel zeigten Spuren von Blut.

Niemand in Leticia, der von dem Überfall in der Zeitung las, zweifelte daran, daß auch hierbei das Monster vom Berge seine Hände im Spiel gehabt hatte, denn dem Toten war kein Centavo abgenommen worden: An dessen Hals hing, als man ihn fand, noch immer sein Geldbeutel. Viel war nicht darin, aber viel hatte der Mann auch nie besessen, das bezeugten Leute, die ihn gekannt hatten. Nur der Wein fehlte – und vielleicht auch sein Brot, die Wegzehrung. Aber das ließ sich nicht genau feststellen, denn wo er übernachtet hatte, wußte keiner.

Eine Sondersitzung der obersten Polizeifunktionäre fand statt. Sie wurde einmal unterbrochen durch ein

leises Schwanken der Erde. Die Fenster klirrten, die Hängelampen schaukelten sanft hin und her. Aber das war man gewohnt in Leticia, und die Beratungen gingen ungestört weiter. Man beschloß, eine Patrouille auf den Berg zu schicken, geschulte Leute. Ein junger Hauptmann wurde zu deren Führer ausgewählt. Schon am nächsten Morgen brach sie auf. Sie bestieg den Hang von Las Tamaibas aus. Es waren zehn Männer, alle furchtlos und zäh und bis an die Zähne bewaffnet. Daß eine Rauchsäule aus dem Krater des Macaruco aufstieg, störte sie nicht.
Sie kamen bis knapp unter den Gipfel, ohne auch nur eine Spur gefunden zu haben. Darauf beratschlagten sie, was zu tun sei. Der Hauptmann hielt es für das günstigste, erst einmal den Kraterrand zu besteigen und von dort oben aus die Hänge mit dem Fernglas abzusuchen. Das taten sie denn auch und kletterten hinauf. Nur der Hauptmann, aus Las Tamaibas stammend, war schon einmal hier oben gewesen. Sie wurden gezwungen, wieder ein Stück abwärts zu steigen, denn der Wind drückte ihnen dicke Giftschwaden aus dem Krater entgegen, und einem von ihnen wurde schlecht. Bis er sich soweit erholt hatte, daß er wieder weitergehen konnte, war es dunkel geworden. Sie biwakierten, so gut es ging, zwischen ein paar Lavabrocken, über sich den gespenstischen Schein aus dem Krater, und keinem war wohl in dieser Nacht, denn zweimal spürten sie ein dumpfes Rumoren tief im Berg, ein Vibrieren, und sie hörten ein merkwürdiges, sehr tiefes Rollen. Sie schliefen

wenig, und gegen Morgen schlotterten sie vor Kälte. Erst nach einem ausgiebigen Frühstück wurde ihnen wieder warm.
Danach zogen sie in einem Halbkreis um den Krater herum und kletterten abermals auf seinen Rand. Nachdem sie mehr als drei Stunden jeden Hangrükken, jede Talfurche mit dem Fernglas abgesucht hatten, beschlossen sie, wieder hinabzusteigen.
Eine halbe Stunde unterhalb des Kraterrandes, nicht weit von der Stelle, wo sie die Nacht verbracht hatten, stießen sie auf die Andeutung eines Pfades. Er lief schräg am Hang entlang, und die Männer konnten sich nicht einig darüber werden, ob es sich wirklich um einen Pfad handelte. Da sie nichts unversucht lassen wollten, folgten sie ihm. Er führte in ein Geröllfeld hinein, das in einer Hangfurche, knapp unter dem Gipfel, lag. Der Hauptmann hieß seine Leute stehenbleiben, sobald er die Furche überschauen konnte, und beobachtete das Geröll mit dem Fernglas.
»Da liegt er«, flüsterte er. »Rührt euch nicht.»
Sie erstarrten. Aber in diesem Augenblick erhob sich der Schwarze und ragte, nun allen zehn Männern deutlich sichtbar, aus dem Geröll. Er schwankte.
»Ein Riese, aber doch immerhin ein ganz gewöhnlicher Neger«, sagte der Hauptmann.
»Besoffen ist er«, sagte ein Korporal.
»Aber wovon sollte er hier oben besoffen sein?« fragte ein anderer.
Er rührte sich nicht von der Stelle. Sie wagten es, sich ihm ein paar Schritte zu nähern.

»Schießt erst«, sagte der Hauptmann, »wenn ich euch ausdrücklich Befehl dazu gebe. Wir wollen versuchen, ihn lebend mitzunehmen.«
Der Mann vor ihnen rührte sich noch immer nicht. Er starrte den Polizisten entgegen.
»Hallo!« rief der Hauptmann und winkte.
Sie näherten sich ihm noch ein Stück, dann blieben sie auf ein Zeichen des Hauptmanns hin wieder stehen, gespannt bis in den letzten Nerv.
Der Schwarze öffnete langsam den Mund wie einer, der schon seit langem nicht mehr gesprochen hatte, und grunzte: »Das ist *mein* Berg.«
»Wissen wir, wissen wir«, rief der Hauptmann munter. »Deshalb sind wir gekommen. Wir wollen Sie um Erlaubnis bitten, den Berg betreten zu dürfen.«
»Das ist *mein* Berg«, wiederholte der Schwarze.
Sein Hemd war zerrissen, der eine Ärmel blutig verkrustet. Er stand vor einer Art Lager: Zwischen zwei großen Steinen lagen Lumpen auf der Erde hingebreitet, aber es war kein Dach darüber. Er mußte wohl Nacht für Nacht unter freiem Himmel geschlafen haben. Ein paar Korbflaschen standen herum, auch zwei Halbschuhe, die ihm viel zu klein sein mußten. Drei oder vier rote Kugeln, wie man sie an Weihnachtsbäume zu hängen pflegt, schimmerten irgendwo, und auf einem niedrigen Lavablock stand ein Koffer.
»Kein Sorge«, rief der Hauptmann, »wir wollen Ihnen den Berg nicht nehmen. Sie sind ein großer Mann als Patrón eines solchen Berges.«

»Ja, das bin ich«, sagte der Schwarze langsam.
»Aber Sie sollten es sich unten in der Stadt bescheinigen lassen, daß er Ihnen gehört. In der Stadt weiß man das nämlich nicht. Es wäre gut, wenn Sie mit uns herunterkämen. Eine Unterschrift, ein Blatt Papier, und alles ist in Ordnung.«
»Ich kann nicht schreiben.«
»Was macht das schon aus? Ich helfe Ihnen. Kommen Sie, jetzt gleich. Es geht schnell. Heute abend können Sie schon wieder heraufsteigen.«
Der Schwarze rülpste, glotzte die Polizisten mit trüben, rotgeränderten Augen an und nickte.
»Aber den Koffer«, sagte er, »nehme ich mit.«
»Einer von meinen Leuten wird ihn tragen«, sagte der Hauptmann eilig.
»Den Koffer«, antwortete der Schwarze, »trage ich.«
Er nahm den Koffer und taumelte bergab.
Sprachlos schauten sich die Polizisten an. Fast waren sie enttäuscht, daß das ganze Unternehmen so reibungslos und ohne Gewalt ablaufen sollte.
»Wir lassen ihn frei laufen bis knapp vor Las Tamaibas«, flüsterte der Hauptmann seinen Leuten zu. »Da unten werden wir uns hinsetzen und ausruhen, und wenn er sitzt, werfen wir uns von hinten über ihn. Seid freundlich, damit er Vertrauen zu uns hat.«
Sie taten ihr Möglichstes, schritten neben ihm her, fragten ihn dies und das und erzählten Witze und Neuigkeiten aus Leticia. Aber er schwieg.
»Er versteht sie nicht«, flüsterte der Hauptmann, »er ist dumm. Ihr müßt was Einfacheres erzählen.«

Sie wurden verlegen. Ihre Witze waren so leicht zu verstehen, etwas noch Einfacheres wollte ihnen nicht einfallen. Es entstand eine Stille, in der nur die Schlacken knirschten. Die Polizisten wollten durch eine Geröllfurche hinabsteigen, aber der Schwarze steuerte auf einen glatten Grat neben der Furche zu.
»Folgt ihm«, sagte der Hauptmann. »Er kennt den Berg besser als wir.«
Wieder wurde es still zwischen ihnen.
»Eine Banane?« fragte der Hauptmann den Schwarzen. »Wir haben Bananen bei uns.« Der schaute auf und nickte.
Der Hauptmann nahm ein paar Bananen aus seinem Proviantsack und reichte sie ihm. Der Schwarze nahm sich kaum Zeit zum Danken, er fraß sie mit der Schale. Als er fertig war, begann er zu sprechen.
»Kennt ihr Pio Sotomayor?«
»Nein«, antworteten die Polizisten.
»Aber ich kenne ihn«, rief der Hauptmann, obwohl er keine Ahnung hatte, wer dieser Pio war. »Ist er dein Freund? Es geht ihm gut, er läßt grüßen.«
»Aber warum kam er zu Weihnachten nicht herauf?« fragte der Schwarze. »Er hatte es mir doch versprochen. Ich hatte alles vorbereitet, alles schön gemacht für ihn!«

V.

In diesem Augenblick begann der Boden unter ihnen zu wanken. Die Erde stieß, sie hüpfte wie ein Kahn auf hohen Wellen, die Männer standen breitbeinig, um nicht zu fallen, aber zwei fielen doch, und einer stammelte: »Jesus Maria!«
Drei Stöße, vier Stöße, dann noch ein ganz starker, und dann kam nichts mehr. Die Männer starrten mit leeren Gesichtern auf die Lava unter ihren Füßen. Ein Erdbeben.
Unten in Leticia begannen alle Glocken zu läuten. Sie läuteten, ohne von Menschenhand in Schwingung gebracht worden zu sein. Lavageröll kollerte zu Tal. Durch die Furche fuhr eine ganze Lawine abwärts. Aus der Stadt stiegen Staubwolken auf.
Die Polizisten taten ein paar vorsichtige Schritte. Ihnen schien, als schwanke die Erde unter ihren Füßen noch immer. Sie tappten wie Matrosen, die nach langer Fahrt wieder festes Land betreten. Der Schwarze stand noch immer wie erstarrt.
Plötzlich stieß er ein wildes Gebrüll aus, drehte sich um und rannte in großen Schritten bergwärts auf den Krater zu. Er stolperte, fiel, rannte weiter. Einige der Polizisten hoben ihre Gewehre. Jemand rief: »Halt – oder ich schieße!« und wollte ihm nachsetzen. Aber der Hauptmann schrie: »Seid ihr wahnsinnig? Jeden Augenblick kann der Vulkan ausbrechen. Laßt den Kerl in sein Verderben rennen, er ist irr!«

Sie schleuderten die Gewehre fort, die Rucksäcke, die Gürtel mit den Patronentaschen, warfen allen Ballast ab, um schneller laufen zu können. Sie rannten mit weichen Knien talwärts, und keiner kümmerte sich mehr um den anderen. Einige liefen geradeaus auf die Mulde zu, andere schräg hinab, ihrem Stadtteil entgegen. Der Hauptmann versuchte, sie zusammenzuhalten, aber keiner gehorchte mehr seinen Befehlen.
Nach knappen fünf Minuten geriet der Berg noch einmal in Bewegung, dumpf donnerte es in seinem Inneren. Zur gleichen Zeit brach mit furchtbarem Getöse eine Fontäne von Qualm und Lavabrocken aus seinem Schlund und verdunkelte den Himmel. Rot schwelte die Sonne durch das Gewölk, aus dem es Steine regnete. Die Schlacken auf den Hängen rollten und rutschten und bewegten sich, wohin die Fliehenden auch traten. Als einer der Männer sich umschaute, schrie er auf: Aus dem Krater wälzte sich die Lava und kam den Hang herab.
Keinem der Polizisten gelang es, sich zu retten. Drei wurden von Lavabrocken erschlagen, einer stürzte über einen Abhang hinab und blieb tödlich verletzt liegen. Die übrigen, die talabwärts gehastet waren, holte die Lava in der Mulde ein.
Seit dreiundachtzig Jahren war der großen Stadt Leticia, der wunderbaren, vielgerühmten, ein solches Unglück nicht mehr zugestoßen. Im Hafenviertel, im Viertel La Gloria, in den Straßen längs des Flusses und rings um die Plaza Fortuna lagen die Straßen voller Schutt, aber auch die meisten anderen Stadtteile wa-

ren nicht verschont geblieben. Viele Fassaden waren herabgestürzt – falsche Fassaden, die alte Mauern und eingesunkene Dächer verborgen hatten. Drei Kirchtürme hatte das Erdbeben zerstört, ein Kloster, zwei Krankenhäuser und vier Schulen vernichtet. Das Postgebäude drohte einzustürzen und mußte geschlossen werden. Risse und Spalten liefen durch alle Mauern der Stadt, die Geleise der Straßenbahnen hatten sich verzogen, im Stadtpark und im Park Santa Rita waren Palmen über Schienen und Spazierwege gestürzt. Der Musikpavillon zwischen den Rosen stand nicht mehr. An seiner Stelle lag ein Haufen armseliger Trümmer im Gestrüpp. Ein Straßenzug am Ende der Avenida Ancha, der nur aus Holzhäusern bestanden hatte, brannte ab. Und überall in Höfen, Straßen und Gärten lagen abgebrochene Schornsteine, vor allem in dem vornehmen Viertel Las Tamaibas, das kaum wiederzuerkennen war. Alle die großen Außenkamine waren umgestürzt, waren quer über Rosenlauben, Schwimmbassins, Garagen, Blumenbeete gefallen, hatten die Zäune zerquetscht, die Pergolas und Freitreppen zerschlagen. Die meisten Villen standen leer, das ganze Viertel hatte geräumt werden müssen, denn die Lavazunge hatte sich auf Las Tamaibas zubewegt. Sie hatte die Mulde hinter dem Vorhügel erreicht und ganz ausgefüllt und war langsam zum Stillstand gekommen.

Hunde strichen durch die leeren Anwesen, Hilfspolizisten patrouillierten auf und ab, um den Besitz der Reichen vor Plünderern zu schützen. Vor der Villa

Miranda standen Leute und gafften: Sie war halb über den Abhang herabgerutscht.
Den Wellblechhütten am Rande der Wüste war kaum etwas geschehen. Die waren beweglich, sie bestanden aus Kanistern und Schachteln, aus Blechstücken und losen Brettern. Fielen sie auseinander, so waren sie in kurzer Zeit wieder zusammengebastelt. Aber auch sie standen am Tag nach dem Erdbeben leer. Ihre Bewohner waren mit Taschen, Körben und Tüten unterwegs in die Stadt. In die Wellblechhütten zog Reichtum ein.
Neunhundertsiebenundsechzig Tote und über achttausend Verletzte waren in der Stadt Leticia zu beklagen. Die Krankenhäuser, soweit sie sich noch nutzen ließen, waren überfüllt. Auf den Plätzen, in den Parks, am Flußufer hatte man Notzelte aufgestellt, alle Ärzte der Stadt arbeiteten fieberhaft. Lange Reihen von Särgen schwankten durch die Straßen, auf den Friedhöfen wimmelte es von Trauernden. Sie kletterten über die Trümmer eingestürzter Mausoleen, Kapellen und Grabmäler. Das Friedhofspersonal wußte sich nicht zu helfen vor Arbeit.
Aber schon in den nächsten Tagen nahm das hektische Treiben ab. Schutt wurde aus den Straßen gekarrt, die Särge verschwanden, über dem Macaruco stand keine schwarze Wolke mehr. Zahm lag der Berg neben der Stadt, schimmerte sanft in der Sonne, tat so, als habe er sich nie bewegt und nie Lava gespien. Die Kakteen auf seine Hängen blühten gelb wie vorher auch. Nur ein breiter schwarzer Streifen lief auf seiner Vorder-

seite herab, der früher nicht dagewesen war, führte bis zur Mulde hinter dem Vorhügel, wo er sich verbreiterte und staute. In den ersten Tagen nach dem Ausbruch schauten die Leticier noch oft hinauf, deuteten auf die Lavazunge und fürchteten sich. Aber bald gewöhnten sie sich an das neue Gesicht des Berges.

Schon am dritten Tag nach dem Erdbeben erschienen wieder die Zeitungen in Leticia. Sie waren voll von Bildern und Berichten, Verwandte fragten nach Verwandten, die Totenlisten füllten allein zwei Seiten des größten Blattes. Der Bürgermeister sprach der Bevölkerung sein Lob aus, der Präsident des Landes versprach sofortige Hilfe, andere Länder hatten Lebensmittel, Medikamente, Geld gespendet. Es gab viel Trubel in der Innenstadt, die Polizei erschoß zwei Plünderer, vierundzwanzig wurden festgenommen. Ärzte impften auf den Plazas, an den Straßenkreuzungen, in Banken und Kaufhäusern. Täglich verließen Verletzte, notdürftig geheilt, die Hospitäler. Nach und nach verschwanden die umgestürzten Palmen aus den Parks. Die Schulkinder bekamen drei Wochen Ferien.

Mauerlöcher wurden mit Brettern zugenagelt, Fassadenreste heruntergeschlagen, Dächer geflickt. Die Wunden der Stadt Leticia heilten. Nur die Sprünge und Risse in den Mauern blieben zurück. Es waren zu viele, als daß sie alle hätten geschlossen werden können. Und was machten sie schon aus? Leticia war immer voll von Sprüngen und Rissen gewesen, in den alten Häusern züngelten noch die Spuren früherer Erdbeben durch die Wände. Die Risse gehörten zum Gesicht Leticias. Keiner sah sie mehr. Nur dem Fremden, der zum erstenmal die Stadt besuchte, fielen sie auf.

Langsam fand Leticia zu seinem alten Leben zurück, und schon kurz nach der Katastrophe standen die Schuhputzerjungen wieder auf ihren alten Plätzen. Eine gute Zeit begann für sie: Die Stadt war staubig geworden.

Der Moritat vierter Teil

I.

Seit zehn Tagen lag Coco in dem Hilfshospital, das in aller Eile in einem Kloster unterhalb des Viertels Las Tamaibas eingerichtet worden war, zwischen anderen Verletzten auf den bloßen Steinfliesen des Kreuzgangs.
Er schnarchte, als der Arzt, ein unrasierter Spanier, mit drei alten Nonnen die Reihe abschritt, um festzustellen, wer entlassen werden konnte, denn das Kloster war überfüllt.
»Ist das nicht der mit dem Schuß im Arm?« fragte der Arzt.
Die Nonnen nickten.
»Ein Plünderer also«, sagte der Arzt.
Eine Nonne beugte sich hinab, um den Verband zu lösen, aber der Arzt winkte ab und sagte: »Keine Zeit. Wie sieht's denn aus?«
»Die Wunde hat sich geschlossen.«
»Dann schicken Sie ihn heim.«
Der Arzt ging mit zwei Nonnen weiter, die dritte rüttelte Coco wach. »Steh auf und geh heim«, sagte sie. »Du bist gesund.«
Er verstand nicht gleich, was sie meinte, und glotzte ihr mit offenem Mund ins Gesicht.
»Du sollst nach Hause gehen!« herrschte ihn die Nonne an. »Und schone deinen Arm!«
Coco schloß den Mund und richtete sich langsam auf.
»Mach schon«, rief die Nonne. »Laß dir da drüben

noch einen Schlag Suppe geben, und dann verschwinde.«
»Der Koffer«, murmelte Coco.
»Was für ein Koffer?«
»Mit der Madonna. Er ist auf dem Vulkan geblieben.«
»Auf dem Vulkan?« fragte die Nonne und schaute ihn scharf an. Sie legte ihre Hand einen Augenblick auf seine Stirn. »Fieber hast du keins, also bist du irr«, sagte sie. »Und gehst trotzdem plündern. Kein Wunder, daß sie dich angeschossen haben. Es ist noch ein Glück, daß du irr bist, sonst kämst du in die Hölle, so ein Plünderer wie du.«
Coco sah sie nachdenklich an und sagte: »Haben Sie zwei Nonnen gekannt, die in den Krater gefallen sind?«
Der Nonne verschlug es die Sprache.
»Sie sahen genau aus wie Sie«, sagte Coco, »nur hatte die eine einen goldenen Zahn und die andere eine goldene Brille.«
»In den Krater gefallen?«
»Es ist schon eine Weile her«, sagte Coco und senkte den Kopf. »Wir waren am Krater verabredet. Ich hatte sie eingeladen. Aber ich kam nicht so schnell aus der Stadt hinauf. Sie waren ganz allein dort oben. Da muß es irgendwie passiert sein. Ja.«
»Jetzt mach mal einen Punkt«, sagte die Nonne.
»Sie sind hineingefallen mit den Eseln und den Körben und dem Sack und dem ganzen Essen«, sagte Coco traurig. »Als ich am nächsten Tag hinaufkam, war nichts mehr von ihnen zu sehen.«

»Du willst dich wohl über mich lustig machen!« rief die Nonne zornig. »Du bist ja gar nicht irr, du spielst nur. Raus hier, und zwar sofort – und ohne Suppe!« Er schwankte, als er endlich stand, und tappte mit dumpfem Kopf in die Richtung, die ihm der Finger der Nonne wies. Er trottete durch eine große Toreinfahrt. Dann trat er aus dem Dunkel des Torbogens hinaus auf die heiße, helle Straße.

Zwei dicke Frauen standen auf der anderen Seite vor einer grellbunten Litfaßsäule, die sich durch das Erdbeben leicht zur Seite geneigt hatte, und schwatzten. Mitten auf einer großen Reklame für Migränetabletten klebte die amtliche Totenliste. Als Coco aus dem Tor trat, schaute sich die eine um und winkte ihn zu sich herüber. »Kannst du lesen?« rief sie, während er auf sie zuschwankte.

Er schüttelte den Kopf und fragte statt dessen: »Wo fährt die Straßenbahn?« Er mußte sich gegen die Litfaßsäule stützen, so schwach war er auf den Beinen.

»Wo kommst du denn her?« sagte die andere mürrisch. »Seit dem Beben fahren doch keine Straßenbahnen mehr.«

»Du warst wohl drinnen im Hospital?« fragte die andere und zeigte auf seinen verbundenen Arm.

Coco nickte.

»Und deine Frau? Deine Kinder?«

»Ich bin allein.«

»Dann ist es ja nicht so schlimm. Ein Mann allein schlägt sich durch.«

Coco nickte trübe. Er starrte mit hungrigen Augen auf die Körbe der beiden Frauen. Sie waren voller Obst.

»Haben dich wohl nicht gerade gut gefüttert, was?« fragte die eine und reichte ihm drei Bananen. Die andere wollte nicht zurückstehen und schenkte ihm eine Traube. Er dankte.

»Aber die Straßenbahn«, sagte er. »Ich muß zur Straßenbahn.«

»Da findest du nur die Schienen, und auch die sind verbogen.«

»Und wo sind die Schienen?«

»Geh dort hinüber. Nach zwei Querstraßen stößt du auf sie.«

Er aß im Gehen. Mit gesenktem Kopf stolperte er vorwärts. Er fiel über den Schutthaufen einer herabgestürzten Fassade, die den Gehsteig unter sich begraben hatte. Dann stieß er auf die Straßenbahngeleise. Erst wollte er ihnen nach links folgen, aber als er aufblickte, sah er vor sich den Vulkan. Gewaltig thronte er neben der Stadt, überragte sie, herrlich wie eh und je – ja, noch schöner als früher, nun mit der schwarzen Zunge. Coco wandte sich jäh ab und folgte den Schienen, die nach rechts in die Stadt hineinführten. Zwischen den Geleisen trottete er dahin, und die wenigen Autos, die schon wieder durch die Straßen fuhren, mußten ihm ausweichen. Einmal verzweigten sich die Geleise. Er zögerte, aber dann entschloß er sich, geradeaus weiterzugehen.

Die Geleise führten in den Park. Ein Trupp Männer

war damit beschäftigt, eine Palme zu zersägen, die quer über den Schienen lag. Ihre Blätter waren schon vertrocknet. Coco stieß auf die Wiese, auf der damals die Schläfer gelegen hatten. Er schaute auf seine Schuhe hinab. Sie hatten lange gehalten, Sandalen wie Eisen. Einige Riemen waren gerissen. Er hatte sie mit Schnüren und Drähten zusammengebunden. Noch keinen hatte er verloren, nicht einmal auf dem letzten Weg zum Vulkan, den er mehr gefallen als gegangen war.

Auf der Wiese standen jetzt Zelte von Erdbebenopfern. Halbnackte Kinder liefen herum, Frauen schleppten Eimer, hängten Wäsche zwischen den Bäumen auf.

Coco trottete müde dahin. Er erinnerte sich genau an jene Nacht in Ignacios Pavillon. Er erkannte die Rosenbüsche wieder, Ignacios Pavillon aber fehlte. Coco zwängte sich durch das Gestrüpp, wollte danach suchen. Vielleicht war auch Ignacio selber da. Aber ein Polizist scheuchte ihn zurück auf den Kiesweg. In diesem Teil des Parks herrschte wieder normales Leben.

Er schleppte sich weiter. Seine Knie zitterten, Schweiß strömte ihm über Nacken und Stirn und tränkte die Fetzen seines Hemdes.

Nur noch bis zum Denkmal kommen, dachte er. Dort würde Pio sein.

Einmal wollte er sich niederhocken, um auszuruhen, aber er konnte die Knie nicht beugen, weil sie vergrindet waren. Er hätte sich nur auf eine Bank setzen

können, aber es war keine frei. Für eine kurze Zeit lehnte er sich an einen Baum.
Als er endlich das Denkmal erreichte, war Pio nicht da. Zwei Schuhputzer arbeiteten auf den Stufen, ein langer rothaariger Bursche und ein kleiner Chinese.
»Habt ihr Pio gesehen?« fragte Coco.
»Pio?« fragte der Rothaarige. »Nie gehört. Aber ich arbeite erst ein paar Tage hier beim Denkmal.«
»Wie sieht er aus?« fragte der Chinese.
»Ein Junge«, sagte Coco und zeigte mit der flachen Hand Pios Größe. »Und er hat einen Beutel um den Hals hängen.«
»Er wird den Macaruco meinen«, sagte der Chinese zum Rothaarigen. »Ich glaube, der heißt Pio.« Er wandte sich wieder Coco zu und fragte: »Ist er auch Schuhputzer?«
Coco nickte erwartungsvoll. »Er hat eine hellbraune Fußstütze mit Streifen«, sagte er.
»Ja«, sagte der Chinese, »das wird der Macaruco sein.«
»Wo ist er?« fragte Coco hastig.
Der Chinese zuckte die Schultern.
»Wird er heute herkommen?« fragte Coco.
»Vielleicht«, sagte der Chinese.
»Vielleicht auch nicht«, fügte der Rothaarige hinzu.
»Am Nachmittag ist er oft hier«, sagte der Chinese, »wenn die Leute im Park spazierengehen.«
»Ich hab Zeit«, sagte Coco und setzte sich auf die Stufen des Denkmals, genau dorthin, wo er damals gesessen hatte.

»Du kannst warten«, sagte der Chinese, »du kannst es auch bleiben lassen. Ganz wie es dem Señor beliebt.«
»Er ist nämlich mein Freund«, sagte Coco.
»Interessant«, sagte der Rothaarige und gähnte.
Coco sah den beiden Schuhputzern zu. Er sah den Kunden entgegen, wenn sie kamen, und sah ihnen nach, wenn sie gingen. Aus dem Park hallte das eintönige Geschnarre einer Säge. Der kleine Chinese fing an zu pfeifen, dann sang er und bürstete im Takt:

»Es kamen viele Ratten rauf
ins Tor von Bethlehem, olé!
Die fraßen die Sandalen auf
von meinem Vater San José ...«

»Hör auf«, rief der Rothaarige, »Weihnachten ist längst vorbei.«
Aber der Chinese tat, als höre er nichts, und sang weiter:

»Im Tor von Bethlehem, olé,
sind Sonne, Mond und Sterne.
Und Santa Maria und San José,
die wiegen das Kind so gerne ...«

Gegen Mittag schlenderten die beiden davon. Es wurde still unter dem Denkmal, und mit der Stille kam die Hitze. Coco fielen die Augen zu. Die Sonne stand fast senkrecht über dem Denkmal, einem spanischen Conquistadoren hoch zu Pferd. Coco schaute auf und blinzelte in die grelle Bläue. Wo blieb Pio? Seine Glieder waren wie Blei. Jetzt nur eine Weile schlafen, nur eine Viertelstunde. Das Denkmal glühte. Den einzigen Schatten warf der Pferdebauch

zwischen die vier Beine auf den Sockel. Coco kroch hinauf.
Jetzt schlafe ich ein, dachte er, und mitten im Schlaf wird Pio »Pepe!« rufen, dann werde ich aufwachen und ihn umarmen, und dann werde ich's ihm sagen. Dieser Gedanke machte ihn froh. Er schlief augenblicklich ein. Tauben, die das Denkmal bewohnten, ließen sich auf seinen Zehen nieder, auf seinen Knien, auf seinen Armen, und pickten an den verkrusteten Wunden. Er scheuchte sie fort, ohne zu erwachen. Kinder liefen schreiend vorüber, ein Flugzeug zog seine Kreise über der Stadt. Gegen zwei Uhr bebte die Erde, aber so wenig, daß nur die Fensterscheiben leicht zitterten und die Lüster fast unmerklich schwankten. Die Leute auf der Straße spürten nichts. Aber die Eidechsen, die über die Stufen gehuscht waren, verschwanden in dem breiten Riß, der den ganzen Sockel des Denkmals durchzog.
Coco schlief traumlos. Der Schatten verschob sich. Gegen drei erwachte er. Niemand hatte seinen Namen gerufen, niemand hatte ihn wachgerüttelt. Traurig zog er sich an den Pferdebeinen hoch und schaute hinunter auf die Straße, auf die Blumenrabatten und die Stufen unter dem Sockel. Sie waren nicht mehr leer. Ein Schuhputzer beugte sich über den Schuh eines Kunden und bürstete eifrig. Coco starrte auf ihn hinunter: ein schmaler, hochaufgeschossener Junge. Er konnte sein Gesicht nicht erkennen, weil er ihm den Rücken zugewandt hatte.

Als der Junge sich aufrichtete, erkannte Coco, daß es Pio war. Die Freude machte ihn hellwach, er beugte sich weit über den Sockelrand und schrie: »Pio!«
Der Junge fuhr herum und schaute hoch. Sein Gesicht verfinsterte sich. »Ach, du bist es«, sagte er. »Ich habe gerade Kundschaft.«
»Ich warte, ich warte«, rief Coco glücklich.
Er kletterte vom Sockel herunter und wartete geduldig neben Pio, der übereifrig arbeitete. Hatte er den einen Schuh fertig, fing er wieder mit dem anderen an, bis der Kunde schließlich ungeduldig wurde. Er zahlte und ging.
»Endlich«, seufzte Coco.
Pio antwortete nicht. Er beschäftigte sich mit den Bürsten.
»Hast du mich nicht gesehen?« fragte Coco. »Ich habe hier unter dem Pferd geschlafen, weil da Schatten war. Ich bin schon lange hier. Ich habe einfach gewartet. Einmal mußtest du ja kommen.«
»Ja«, sagte Pio.
»Warum bist du zu Weihnachten nicht heraufgekommen?«
»Ich hatte keine Zeit.«
»Es wär so schön gewesen. Ich hatte sogar einen Weihnachtsbaum, einen noch viel herrlicheren als den, der immer in der ›Estrella del Mar‹ steht. Und Räucherfleisch war auch da. Ich hab den ganzen Nachmittag oben bei den Kakteen gewartet und gewinkt. Weil wir's doch so ausgemacht hatten.«
Pio schwieg.

»Ist dir etwas passiert bei dem Erdbeben?« fragte Coco.
»Nein. Dir?«
Coco schüttelte den Kopf. Beide schwiegen.
»Weißt du noch, wie wir in dem Restaurant in Las Tamaibas gegessen haben?« fragte Coco. »Du hast mir damals das ganze Essen bezahlt.«
Pio fiel eine Bürste aus der Hand. »Ja«, sagte er hart, »ich hab dir das Essen bezahlt. Das Essen, das Bier und die Straßenbahn.«
Coco zeigte auf seine Sandalen. »Erinnerst du dich noch? Die hast du für mich geklaut.«
»Ich weiß.«
»Ich hab oft an dich gedacht.«
Pio schwieg und blinzelte zum Denkmal hinauf.
»Übrigens«, sagte Coco, »die Nonnen sind alle beide in den Krater gestürzt, mit den Eseln und allem Drum und Dran.«
»So.«
»Ja.«
»Ich muß jetzt gehen«, sagte Pio und bückte sich nach der Fußstütze.
Da trat Coco auf ihn zu. Pio mußte sich aufrichten, ob er wollte oder nicht, und mußte ihn anschauen, und Coco sagte: »Ich bin noch nicht tot, aber du kannst den Berg schon jetzt haben. Ich hab's nicht geschafft. Er hat gemacht, was er wollte. Er ist ausgebrochen gegen meinen Willen. Deshalb bin ich heruntergekommen und hab dich gesucht. Vielleicht wirst du besser mit ihm fertig.«

Der Junge starrte ihn haßerfüllt an.
»Hörst du?« sagte Coco kläglich. »Du kannst ihn haben, wenn du willst. Du wolltest ihn doch so gern. Ich hab ihn niemand anderem versprochen als dir.«
»Ich will ihn nicht, ich will ihn nicht!« schrie Pio. »Hör doch auf mit deinem albernen Berg! Im vorigen Jahr hab ich dir alles geglaubt – alles! Aber jetzt bin ich älter, jetzt glaub ich dir nicht mehr jedes Wort! Ausgelacht haben sie mich, als ich von dem Berg erzählt hab. Der Berg gehört gar nicht dir, er hat dir nie gehört und auch nicht dem anderen, der ihn dir geschenkt hat! Niemandem gehört er! So ein großer Berg kann niemandem gehören. Du hast mich damals angeschwindelt, weil du mich gebraucht hast. Über fünf Cruces hast du mich gekostet, das Essen und die Straßenbahn – und die Arbeitszeit, die ich durch dich verloren habe. Und weißt du, wie sie mich seitdem nennen? Macaruco! Alle wissen die Geschichte, alle Schuhputzer! Kaum sehen sie mich, geht's los mit dem Berg, sie lassen mich nirgends mehr in Ruhe, immer fragen sie: ›Na, wann erbst du denn den Berg, Kleiner?‹ Daran bist *du* schuld, du hast mir alles verdorben! Ich muß jetzt rumschleichen und dorthin gehen, wo gerade niemand ist, wenn ich meine Ruhe haben will.«
Coco starrte Pio entsetzt an.
»Ich hab dich nicht belogen«, stammelte er. »Es ist alles wahr –«
»Wahr!« höhnte Pio. »Willst du mich noch einmal an der Nase herumführen?«

»Ich war doch selber die ganze Zeit auf dem Berg!«
»Du?« schrie Pio. »Auf dem Berg? Nie! Willst du mir etwa weismachen, du seist die ganze Zeit, von damals bis jetzt, auf dem Berg gewesen? Was hättest du denn zu essen gehabt, he? Hast wohl am Krater Kartoffeln gepflanzt? Und aus dem Vulkan ist Milch und Honig geflossen – oder? Krepiert wärst du dort oben!«
»Bin ich auch fast«, sagte Coco traurig. »In dem Dorf hinter dem Berg und in Las Tamaibas hab ich mir geholt, was ich gebraucht hab. Sonst hätte ich wirklich krepieren müssen.«
»Und als er ausgebrochen ist?« rief Pio höhnisch. »Das hättest du nie überlebt!«
»Ich hab's«, sagte Coco. »Aber nur mit Mühe. Als es gebebt hat, wollte ich noch zum Krater hinauf. Ich wollte den Berg beruhigen, wollte, daß er kuscht. Aber ich bin nicht mehr bis oben gekommen. Die Lava ist mir entgegengeflossen. Es hat höllisch gestunken, und ich bekam keine Luft mehr. Da bin ich hinten hinuntergelaufen, und das war gut so, denn die Lava ist nach vorn geflossen. Nur den Koffer konnte ich nicht mehr retten. Aber es ist nicht schade um die Madonna. Sie hat mich elend im Stich gelassen.«
»Sei still, sei still!« schrie Pio schrill und hielt sich die Ohren zu. »Ich will nichts mehr hören!«
Coco stand hilflos, mit hängenden Armen, vor dem Jungen und verstand nichts.
»Glaub mir doch«, bat er.
»Damit ich dir noch einmal das Essen bezahle, was?« kreischte der Junge.

Aus dem Park kamen die beiden Schuhputzer herangeschlendert, die Coco am Morgen unter dem Denkmal angetroffen hatte: der Rothaarige und der Chinese.
»Na, hat's geklappt?« fragte der Rothaarige.
»Was soll geklappt haben?« fragte Pio finster.
»Der da hat schon am Morgen nach dir gefragt«, sagte der Chinese, »und er hat sich fast seine großen Ohren hier auf den Stufen abgeschwitzt, so lange hat er auf dich gewartet.«
»Ich hab nichts mit ihm zu schaffen«, rief Pio. »Ich kenne ihn nicht.«
»Aber er sagte doch, er sei dein Freund«, grinste der Rothaarige.
»Der?« rief Pio. »Keine Spur! Er hat gelogen. Damals hat er mich auch – Adiós, ich muß weg.« Er hob die Schachtel auf und klemmte sich hastig die Fußstütze unter den Arm.
»Warum denn plötzlich so eilig?« fragte der kleine Chinese. »Wolltest du hier nicht Schuhe putzen?« Und er zog ihm die Fußstütze unterm Arm hervor.
Pio riß die Stütze an sich und rannte davon.
Aber Coco, der nicht begriffen hatte, warum Pio auf einmal so in Eile war, rief hinter ihm her: »Und der Vulkan, Pio? Was soll ich jetzt mit dem Vulkan machen?«
Die beiden Schuhputzer warfen sich gegenseitig einen überraschten Blick zu und fingen an zu lachen.
»Ist das etwa dein Patrón des Vulkans?« rief der Rothaarige, rannte hinter Pio her und hielt ihn fest.

»Sag uns, ob das der Mann ist, der dir den Vulkan vererben wollte!«

»Ich kenne ihn nicht!« schluchzte Pio.

»Aber du kennst mich doch«, sagte Coco vorwurfsvoll.

»Also doch!« rief der Chinese. »Und wenn wir richtig gehört haben, solltest du eben den Berg geschenkt bekommen.«

»Nein, nein!« schrie Pio.

»Oh, Macaruco, Macaruco«, rief der Chinese, schüttelte den Kopf und schnalzte mit der Zunge, »du wirst doch einen so schönen Berg nicht ausschlagen wollen!«

»Du *mußt* ihn nehmen«, rief der Rothaarige lachend, »sonst schnappt ihn dir ein anderer weg. Wir werden dich dann mit ›Euer Gnaden‹ anreden.«

Pio gelang es, seinen Arm freizubekommen. Er schlug dem Chinesen die Faust ins Gesicht. Der schlug zurück. Jetzt erst begriff Coco, daß es die beiden Schuhputzer nicht gut mit Pio meinten.

»Laß den Jungen los«, sagte er und kam näher.

»Misch du dich nicht ein«, sagte der Rothaarige. »Wir spielen ja nur mit ihm. Es macht solchen Spaß, ihn zu necken. Das weißt *du* doch am allerbesten!«

»Laßt ihn los, sage ich!« rief Coco.

»Wenn du dich nicht schleunigst davonmachst«, rief der Rothaarige, »erzähl ich der Polizei, daß du mit dem Jungen Schweinereien getrieben hast!«

»Und ich mach den Zeugen!« krähte der kleine Chinese.

»Laß den Jungen los!« brüllte Coco. Er packte die Burschen am Nacken und schlug ihre Köpfe gegeneinander. Beide taumelten und hielten sich die Stirnen. Während Pio sich losriß, ließ sich der Chinese auf die Steinplatten fallen und wälzte sich am Boden.
Pio heulte vor Freude auf und umtanzte die Schuhputzer. »Sagt noch einmal MACARUCO zu mir«, johlte er, »und wir brechen euch alle Knochen im Leib!«
Coco wischte sich erleichtert die Hände an den Hosen ab. Pio freute sich über das, was er, Coco, getan hatte.
»Komm, Pio, wir gehen«, sagte er zu ihm. »Ich helfe dir tragen. Oder soll ich dich auf die Schultern nehmen?«
Aber Pio antwortete mit einem Gesicht voller Haß. Er spuckte Coco vor die Füße, suchte sein Schuhputzzeug zusammen, das vor dem Denkmal verstreut lag, und rannte quer über die Straße davon.
Coco schaute ihm fassungslos nach, bis er nicht mehr zu sehen war. Dann drehte er sich um und trat zu den beiden Schuhputzern, die auf den Stufen des Denkmals kauerten und die Köpfe in die Hände stützten. Er sah, daß sich der kleine Chinese übergeben hatte.
»Wollt *ihr* den Vulkan haben?« fragte er traurig.
Die beiden starrten ihn an. Aber sie trauten sich nicht, ihm eine freche Antwort zu geben.
»Es sollte nur ein Späßchen sein«, sagte Coco. »Einen Berg kann man ja nicht verschenken. Wie denn auch? Er ist viel zu groß.«

II.

Mit gesenktem Kopf trottete Coco durch den Park davon, bis er wieder an die Schienen kam. Denen ging er nach, immer weiter weg vom Vulkan. Er durchquerte das Zentrum der Stadt, lief geradeaus, ohne sich umzuschauen, immer den Schienen nach. An einigen Kreuzungen brachte er den Verkehr durcheinander. Am Geschrei der Verkehrspolizisten trabte er vorüber, als sei er taub, und kam schließlich über die Brücke in die andere, die ärmere Hälfte der Stadt.
Ein Lastauto kreuzte seinen Weg. Coco stolperte darauf zu. Der Fahrer mußte scharf bremsen. Er beugte sich zum Fenster hinaus und schimpfte.
»Kannst du deine Augen nicht aufmachen?«
Coco schaute erstaunt auf.
»Jesus, dich kenn ich doch«, rief der Fahrer. »Bist du nicht der Mozo aus dem Obstladen in der Calle Jerónimo?«
Coco nickte.
»Willst du heim?«
»Ja.«
»Ich fahre jetzt zwar nicht hin, aber ich kann dich an der Ecke absetzen. Steig ein.«
Coco stieg ein.
»Ich hab dich dort im Hinterhof schon lange nicht mehr gesehen«, sagte der Fahrer, während sie das Viertel durchquerten. »Früher warst du immer dort, wenn ich hinkam. Hast du jetzt einen anderen Job?«

»Ich war woanders«, antwortete Coco, »aber jetzt gehe ich wieder hin.«
»Ich könnte mich mit dem Griechen nicht vertragen. Magst du ihn?«
»Ich kann nicht klagen.«
»Schlägt er dich?« fragte der Fahrer.
»Ja.«
»Und du läßt es dir gefallen?«
»Ja.«
»Ich begreife dich nicht. Ein Kerl wie du, mit solchen Muskeln!«
Coco schwieg.
An einer Ecke hielt der Fahrer und sagte: »Hier mußt du raus.«
Coco stieg umständlich aus und murmelte einen Dank.
»Bis bald!« rief der Fahrer, schlug die Tür von innen zu und ratterte davon.
Coco schaute sich um. Da war seine Gasse, voll von Schutthaufen. Die »Estrella del Mar« hatte die Brüstung der Dachterrasse verloren. Auch die Außentreppe war herabgestürzt. Schutthaufen umrahmten das Gebäude. Die Eingangstür stand weit offen.
Zögernd trat Coco ein. Es war noch nicht Abend. Im Korridor war es still. Aus dem Schankraum tönten gedämpfte Stimmen. Die Saaltür öffnete sich, Edulia erschien und stieß fast mit Coco zusammen. Sie sah ihn an und prallte zurück.
»Du?« rief sie. »Ich dachte, du wärst längst tot! Ich hab ein paar Rosenkränze für dich gebetet.«

Coco sah, wie sie zurück in den Schankraum lief und dem Wirt ins Ohr flüsterte. Der erhob sich und kam mit hastigen Schritten in den Korridor gelaufen.
»Pepe!« rief er und umarmte Coco. »Ist es denn möglich? Wo kommst du her? Warst du nicht ausgezogen, um über den Berg zu herrschen?« Er winkte in den fast leeren Schankraum und rief: »Cosme! Sócrates! Der Patrón des Vulkans ist wieder da!«
Coco hörte ihre überraschten Ausrufe, ihr Gelächter.
»Her mit ihm!« rief Don Cosme, der Devotionalienhändler. »Er soll erzählen!«
Der Wirt schob Coco in den Schankraum, auf den Tisch der Stammgäste zu.
»Es lebe der Beherrscher des Macaruco!« rief Don Sócrates, der Feldwebel, und umarmte Coco.
»Er läßt sich nicht beherrschen«, sagte Coco und blieb unter der Umarmung steif wie ein Pfahl.
»Was du nicht sagst –!« rief Don Cosme und umarmte ihn ebenfalls.
»Wir haben es gemerkt, daß er außer Rand und Band war, dein Berg«, sagte der Wirt. »Wenn du ihn besser im Griff gehabt hättest, wäre das alles nicht passiert. Ja, ja, zum Herrschen muß man geboren sein«.
»Ihr habt mich reingelegt«, sagte Coco.
Eine Stille entstand. Don Cosme trat einen Schritt von Coco zurück und setzte sich dann an die gegenüberliegende Seite des Tisches. Don Sócrates räusperte sich.
»Setz dich doch«, sagte der Wirt und tätschelte Coco die Schultern. »Du kriegst ein Bier gratis.«

Coco ließ sich schwer auf den Stuhl fallen. Die Gesichter der drei Männer entspannten sich.
»Na also«, sagte Don Sócrates. »Bist doch ein guter Junge. Bist kein Spielverderber.«
»Es war ja nur ein Späßchen unter Freunden«, fügte Don Cosme, verlegen grinsend, hinzu. »Wer konnte denn auch auf die Idee kommen, daß du tatsächlich versuchst, den Berg zu ersteigen? Am nächsten Morgen warst du plötzlich weg, und dein Boß war außer sich. Tagelang war er wie krank!«
Coco blieb stumm.
»Nichts für ungut«, sagte der Wirt. »Ich spendier dir heute abend ein Steak.«
An der Tür erschien der Serbe. Er wurde mit Hallo begrüßt.
»Stell dir vor«, rief der Wirt, »der Patrón des Berges ist wieder da!«
»Das nenn ich eine Überraschung!« rief der Serbe und schlug Coco auf die Schulter. »Erzähle! Sicher hast du versucht hinaufzukommen, aber das war ja aussichtslos. Wir haben die nächsten Tage nach deinem Verschwinden immerzu auf dich gewartet. Wir dachten uns, sobald du erkennst, wie riesig der Berg ist und wie unmöglich es ist, auf ihm zu leben, kehrst du um und kommst heim. Aber daß du dich schämst vor der Blamage und deshalb anderswo unterkriechst, darauf waren wir nicht gefaßt.«
»Edulia hat uns Vorwürfe gemacht«, sagte der Wirt. »Sie hat schon befürchtet, daß du dich auf den Hängen des Macaruco verlaufen hast und verdurstet bist.«

»Sie hat halt ein gutes Herz«, meinte Don Cosme, »und viel Phantasie.«
»Gut, daß du nicht auf dem Berg geblieben bist«, rief Don Sócrates, »denn dort ging doch das Phantom um: ein riesiger schwarzer Kerl angeblich, der alle angefallen und ausgeraubt hat.«
»Das war ich«, sagte Coco.
Die Runde brach in schallendes Gelächter aus.
»Du wirst ja richtig witzig!« rief Don Cosme.
»Willst du uns unseren Schwindel heimzahlen?« fragte Don Sócrates.
»Für so eine Rolle«, sagte der Wirt, »fehlt dir das Format. Du bist ein großer treuer Hund, aber kein Wolf. Ohne Patrón bist du nichts. Gib dir keine Mühe, uns eine andere Rolle vorzuspielen.«
»Erzähl schon«, sagte der Serbe, »wo du geblieben bist, nachdem du den Aufstieg abgebrochen hast. Das ist jetzt ein knappes halbes Jahr her. Hast du dir Arbeit gesucht? Hast du gebettelt? Ich sehe, daß du am Arm verletzt bist. Wo warst du beim Erdbeben? Wir sind ganz Ohr, wie du siehst!«
Coco schaute auf und sah sie der Reihe nach an. »Wo ist der, der mir den Berg geschenkt hat?« fragte er.
»Der Kolumbianer?« fragte der Wirt zurück. »Der ist tot. Er stand gerade hier vor dem Haus auf dem Trottoir, als es bebte. Ein Brocken von der Dachbalustrade hat ihn erschlagen. Gott hab ihn selig.«
Er bekreuzigte sich.
»An dem kannst du dich nicht mehr rächen«, sagte Don Sócrates.

»Dem kannst du auch nichts mehr zurückgeben«, sagte Don Cosme. »Jetzt mußt du den Macaruco behalten, für immer!« Er fing an zu lachen, und die anderen fielen ein.

»Ich wollte ihm nur erzählen«, sagte Coco sehr langsam, »daß ich auf dem Berg Gold gefunden hab.«

»Auch das noch!« rief Don Sócrates und lachte wiehernd.

»Hör auf, Pepe«, sagte der Wirt und gab Coco einen Klaps auf den Hinterkopf, »du kannst weder Witze machen noch lügen.«

»Auf der anderen Seite«, sagte Coco, »in einem einsamen Tal.«

»Weißt du denn überhaupt, was Gold ist?« fragte Don Sócrates.

»Kleine glitzernde Klümpchen«, sagte Coco. »Ich hab sie aus einem Bach gelesen. Später hab ich sie einem Mann gezeigt, dem ich begegnet bin. Der hat die Klümpchen ›Gold‹ genannt. Er hat mir gesagt, daß sie viel wert sind. Damit kann man sich eine halbe Stadt kaufen, hat er gesagt.«

»Hast du sie noch, diese Klümpchen?« fragte der Wirt.

»Der Mann hat mich eingeladen, in seinem Haus zu übernachten«, sagte Coco. »Ich war müde. Als ich fest schlief, hat er mir die Klümpchen abgenommen. Am nächsten Morgen war er weg, und auch sein Haus war ganz leer.«

»Eine merkwürdige Geschichte«, sagte der Wirt.

»Würdest du die Stelle wiederfinden, wo du die Klümpchen gefunden hast?«

»Freilich«, sagte Coco. »Ich hab mir einen Felsen am Bach gemerkt. Den würde ich sogar im Schlaf wiederfinden.«

Es entstand eine atemlose Stille. Die Männer streckten die Köpfe vor und sahen sich verstohlen im leeren Schankraum um.

»Wie lange braucht man bis dorthin?« fragte der Serbe.

»Von dort, wo die Straßenbahn ihr Ende hat, bis zum Bach einen ganzen Tag«, sagte Coco mit unbewegtem Gesicht, »wenn man sich unterwegs nicht ausruht.«

»Pst«, flüsterte Don Cosme, als Edulia aus der Küchentür schaute. »Ich meine, wir sollten gleich morgen –« begann er wieder und verstummte, als ein Gast durch die Tür trat. Der Wirt erhob sich und fragte ihn, der sich in der gegenüberliegenden Ecke niederließ, nach seinen Wünschen.

»Kannst du uns dort hinaufführen?« flüsterte Don Sócrates hinter dem Rücken des Wirts Coco hastig zu.

Coco nickte.

»Gleich morgen früh?« flüsterte der Serbe. »Morgen früh?«

Coco nickte.

Der Wirt rief Edulia aus der Küche und kehrte mit mißtrauischem Gesicht zum Stammtisch zurück.

»Habt ihr schon was ausgemacht?« fragte er.

»Nichts«, sagten die drei Männer gleichzeitig.

»Morgen früh soll ich sie hinaufführen«, sagte Coco.
»Dich natürlich auch«, beeilte sich Don Cosme zu sagen.
»Wenn ihr glaubt, ihr könnt mich bescheißen, dann irrt ihr euch«, zischte der Wirt und schlug mit der Faust auf den Tisch.
»Aber Emilio«, rief der Serbe, »niemand versucht, dich zu bescheißen. Die Planung steckt ja noch ganz in den Anfängen. Wir haben unseren Freund nur gefragt, ob er morgen früh eventuell Zeit hätte, uns zu führen.«
»Weiter nichts«, sagte Don Sócrates.
»Es würde euch auch schlecht bekommen, wenn ihr mich ausbooten wolltet«, sagte der Wirt. »Also morgen früh?«
»Morgen früh bei Sonnenaufgang«, sagte Coco.
»Abgemacht«, sagte der Wirt. »Morgen früh, wenn die Sonne aufgeht, fahren wir los – in *meinem* Wagen.«
»Glaubst du«, sagte der Serbe spöttisch, »daß du mit deinen tiefen Achsen über die letzten Häuser hinauskommst? Ich besorge einen Jeep.«
»Was meinst du dazu, Pepe?« fragte Don Sócrates.
»Mit einem Wagen«, sagte Coco, »geht da gar nichts – egal, was für ein Wagen es ist.«
»Was weiß denn *er*?« sagte der Serbe.
Coco stand auf und ging auf die Tür zu.
»Halt«, rief der Wirt, »wo willst du hin?«
»Heim«, sagte Coco.
»Meinst du, hinüber zum Griechen?« fragte der Wirt.
Coco nickte.

»Dort kannst du nicht mehr hin«, sagte der Wirt. »Dein Boß hat jetzt einen anderen Mozo. León heißt er. Du kannst bei mir bleiben. Ich brauche gerade einen neuen Mozo. Du kennst dich bei mir ja auch aus. Hinten auf dem Hof ist ein Verschlag, dort kannst du schlafen. Und was den Lohn betrifft, werde ich nicht knickerig sein – jedenfalls nicht so knickerig wie der Grieche.«

Coco schüttelte den Kopf. »Ich will jetzt rüber«, sagte er.

»Aber nicht heute, mein Lieber, nicht heute«, sagte der Wirt nervös. »Sonst regst du dich zu sehr auf. Du mußt dir für unseren morgigen Ausflug einen klaren Kopf bewahren. Wenn du schon unbedingt hinüber zu dem Blutsauger willst, dann warte, bis wir wieder zurück sind. Und jetzt sollen sie dir in der Küche was zu essen machen, auch wenn's noch nicht Abendessenszeit ist. Edulia, bring unserem Freund noch ein Bier!«

Er führte Coco wieder zu seinem Stuhl zurück. Der Schwarze wehrte sich nicht. Er war hungrig und müde.

Edulia tat, was der Wirt befohlen hatte: Sie brachte Coco ein Steak mit Reis und Salat aus der Küche und ein Bier von der Bar und sorgte dafür, daß er hinauf in ihr Zimmer kam, bevor sich der Schankraum mit Gästen füllte.

Er fiel auf ihr Bett und begann zu schnarchen, noch bevor sie die fleckige Überdecke mit den Rüschchen hatte abziehen können. Sie beugte sich über ihn und betrachtete ihn eine Weile, dann streifte sie ihm die Sandalen von den schmutzigen Füßen, verließ das Zimmer, zog den Schlüssel von außen ab und händigte ihn dem Wirt aus, der nun mit seinen drei Stammgästen in einem kleinen Seitenkabinett saß, dem Vorratsraum.

»Schläft er?« fragten Don Cosme und der Serbe gleichzeitig.

»Jetzt schläft er«, antwortete Edulia. »Aber wenn er aufwacht und die Tür verschlossen findet, wird er das ganze Zimmer kurz und klein schlagen.«

»Sie hat recht«, sagte der Wirt. »Er darf sich nicht eingesperrt finden, sonst wird er mißtrauisch.«

»Schick sie doch hinauf zu ihm«, meinte der Serbe. »Sie wird schon wissen, wie sie ihn in Schach halten kann.«

»Geh zu ihm«, sagte der Wirt zu Edulia, »und laß auf keinen Fall zu, daß er bis morgen früh herunterkommt.«

»Und wer serviert?« fragte sie, als er ihr den Schlüssel zurückgab.

»Darüber brauchst du dir den Kopf nicht zu zerbrechen«, sagte er barsch. »Ich selber werde servieren. Und noch eins, Edulia: Morgen, übermorgen und überübermorgen bleibt mein Haus geschlossen. Ich verreise. Du hast drei Tage frei.«

Sie ging hinauf und schloß ihr Zimmer auf. Er lag noch in der gleichen Stellung, in der er gelegen hatte, als sie hinuntergegangen war: mit ausgebreiteten Armen, ein wehrloser Mann. Sie setzte sich in den

schäbigen Schaukelstuhl neben dem Bett und begann zu schaukeln.
In der Morgendämmerung saß sie noch immer im Schaukelstuhl, mit Ringen unter den Augen. Sie tippte auf seinen Arm. Als er davon nicht erwachte, zupfte sie ihn am Stirnhaar.
»Es ist Zeit«, sagte sie. »Die Sonne wird bald aufgehen. Du mußt noch frühstücken.«
Er richtete sich schlaftrunken auf und sah sich verdutzt um.
»Du bist bei mir«, sagte sie. »So hat's der Wirt gewollt. Aber es ist dir hier nichts zugestoßen.«
Coco blieb stumm sitzen.
»Ich weiß Bescheid«, sagte Edulia. »Ich hab hinter der Küchentür gestanden und gehorcht. Es geht um Gold, nicht wahr?«
Coco nickte.
»Warum hast du ihnen davon verraten?« fragte sie. »Merkst du denn nicht, daß sie dich übers Ohr hauen wollen? Sobald sie wissen werden, wo das Gold zu finden ist, wirst du ihnen einen Dreck wert sein. Sie benutzen dich nur. Wenn du ihnen das Gold zeigst, siehst du kein Körnchen mehr davon.«
»Es gibt kein Gold«, sagte Coco heiser und zog sich die Sandalen an, »jedenfalls nicht auf dem Macaruco.«
Edulia sah ihn überrascht an, dann fing sie an zu lachen. Sie warf den Kopf in den Nacken und stieß sich mit den Füßen so fest ab, daß sich der Schaukelstuhl fast überschlug.

»Ich führ sie hin, und dann geh ich weg, wenn sie wühlen«, sagte er.
»Gut«, sagte sie. »Sehr gut. Das also ist dein Dank für den Streich mit dem geschenkten Berg, nicht wahr? O Coco, ich hab dich unterschätzt. Ich hab immer gedacht, du seist ein Trottel. Gib's ihnen, den Ludern! Und komm nicht auf die Idee, bei meinem Boß als Mozo in Dienst zu gehen. Als ich in die ›Estrella del Mar‹ kam, war ich vierzehn und hatte noch mit keinem Mann was zu tun gehabt. Gleich in der ersten Nacht hat er mich in die Mangel genommen. Dann kamen die Freunde dran, und dann hab ich reihum herhalten müssen, bis ich's gewohnt war. Und das alles für einen Hundelohn. Sein Putzlumpen war ich, und der Putzlumpen aller Gäste. Wenn du nicht aufpaßt, wischt er auch mit *dir* die Gosse.«
»Ich geh wieder zum Griechen«, sagte Coco.
»Zu dem?« rief Edulia enttäuscht. »Der hat's mit dir doch noch schlimmer getrieben als der Wirt mit mir! Geschlagen hat er dich, geprügelt.«
»Aber dort bin ich zu Hause«, sagte Coco. »Seit vielen Jahren. Und alle die Wochen auf dem Berg hab ich an meinen Verschlag auf dem Speicher gedacht, an meine Pritsche, an die Wände aus Holzlatten. Da hab ich jedes Astloch gekannt. Und der Hof. Die Ziegelwände. Da weiß man wenigstens: Hier ist Schluß, hier geht's nicht weiter. Auf dem Berg oben ist alles so ohne –« Er überlegte. »Man kann's nicht zusammenhalten und hat keinen Halt, man geht und geht, ohne Ende. Wenn ich im Dunkeln zusammengerollt

auf meiner Pritsche lag und die Wände fühlen konnte, ganz nah, dann war ich ohne Wünsche. Dann war alles gut.«

»Wach auf, Coco«, sagte Edulia und rüttelte ihn an der Schulter, »du kannst nicht mehr in den Mutterleib zurückkriechen.«

»Laß mich«, sagte Coco. »Laß mich in Ruhe.«

»Ich tu dir nichts«, sagte Edulia, lehnte sich im Schaukelstuhl zurück und wartete.

»Der Gipfel«, sagte er, »ist die Hölle: kein Wasser, kein Essen, kein Haus, kein Mensch. Wohin man auch schreit oder greift, man schreit und greift ins Leere. Für ein paar Schluck Wasser, für ein Brot oder einen Fetzen Fleisch muß man stundenlang durchs Geröll wandern und muß sich mit Gewalt holen, was man braucht.« Er beugte sich vor. »Da gab's welche, die wollten kein Essen herausrücken. Mir blieb nichts übrig, als zuzuschlagen. Ich hab welche erschlagen, du!«

Edulia stützte das Kinn in die Hand und sah ihn an. »Ja«, sagte sie, »du bist das Monster vom Macaruco, ich weiß. Mir kam gleich der Verdacht, als die Gäste davon erzählten. Dem Wirt nicht. Der hat nichts begriffen, weder er noch seine Freunde.«

Sie wiegte sich hin und her. Der Schaukelstuhl knarrte.

»Ein Mörder und eine Hure«, sagte sie. »Ein Traumpaar. Was bleibt unsereinem anderes übrig, wenn man überleben will?«

»Drüben beim Griechen brauch ich keinen zu erschla-

gen um ein Brot«, sagte Coco, »und niemand will mich fangen.«
»Aber du möchtest dich selber bespucken«, sagte Edulia. »Das ist noch schlimmer.«
Er blieb stumm.
»Don Emilio hat zu mir gesagt, das Haus soll von heute bis übermorgen geschlossen bleiben«, sagte Edulia, »und ich soll die drei Tage Urlaub machen. Aber ich werde die ›Estrella del Mar‹ offenhalten, zusammen mit dem Koch und der Küchenfrau, beide arme Teufel, und wir werden alles um ein Viertel billiger verkaufen. Das wird sich herumsprechen, und es werden mehr Gäste kommen als sonst. Viel mehr! Was wir einnehmen, werden wir uns teilen, und dann werden wir rechtzeitig mit dem Geld verschwinden. Ach Coco, dann fang ich irgendwo neu an und vergesse alles, was hier war –!«
»Du kannst dir Zeit lassen«, sagte Coco. »Ich werde sie weit hinausführen.«
Von unten herauf rief der Wirt.
»Los«, sagte Edulia, »spielen wir nun *unser* Spiel mit ihnen!«

III.

Spät in der übernächsten Nacht kehrte Coco zurück. Er war barfuß. Als er in die Gasse einbog, in der der Obstladen lag, dröhnte ihm laute Musik entgegen. Diese Musik kannte er. Es waren Melodien aus dem Repertoire der Musikbox, die im Schankraum der »Estrella del Mar« stand. Aus Türen und Fenstern der Kneipe fiel violettes Licht, und vor dem Eingang gab es Gedränge: Leute schoben sich heraus und hinein.

Coco wich auf die andere Straßenseite aus und blieb vor dem Obstladen stehen. Er drückte die Stirn an die Scheibe des Schaufensters, schirmte die Augen seitlich mit den Händen ab und versuchte, ins Ladeninnere zu spähen. Aber es war stockdunkel. Da ging er ein paar Schritte weiter bis vor das Tor und klopfte.

»Señor!« rief er. »Señor!«

Als sich nichts rührte, pochte er stärker. Er schlug mit den Fäusten gegen das Tor. Im Obergeschoß ging ein Licht an. Der Grieche lehnte sich aus dem Fenster.

»Verdammt noch mal«, schimpfte er herunter, »kann man nicht mal mehr schlafen? Ich rufe die Polizei!«

»Señor!« rief Coco.

»Wer, zum Teufel, ruft dort unten?«

»Ich bin's«, rief Coco, »ich, Coco, Ihr Mozo!«

»Ich komme«, sagte der Grieche mit veränderter Stimme und verschwand vom Fenster. Kurz darauf öffnete er, die Peitsche in der Hand, den einen Torflügel und schloß ihn, sobald Coco eingetreten war.
»Na also«, sagte er. »Glaubst du mir's nun, daß sie dich mit dem Berg beschissen haben?«
»Ja«, sagte Coco.
»Hast du irgendwoanders Arbeit gefunden?«
Coco schüttelte den Kopf.
»Also hast du in der Stadt herumgelungert und gehungert. Und jetzt kommst du angekrochen, und alles soll so sein wie früher, nicht wahr?«
Coco sah zu dem kleinen glatzköpfigen Mann hinunter und nickte.
»Haste gedacht«, sagte der Grieche höhnisch. »Ich hab jetzt einen anderen Mozo, der ist viel klüger, als du's je warst, und kuscht trotzdem. Mit dem lebt sich's großartig. Den behalte ich.«
Er ging zum Tor und öffnete es.
»Mach, daß du verschwindest«, sagte er.
Coco stand wie vom Donner gerührt. »Das können Sie nicht mit mir machen«, murmelte er.
Der Grieche brach in Gelächter aus: »Nicht machen? Mit dir? Ich pfeife, und du tanzt danach. Was sonst?«
Da riß Coco mit einem knappen Griff den Griechen vom Tor und schloß es. »Mit dem Berg«, sagte er, »bin ich nicht fertig geworden. Aber mit dir werd ich fertig, du Würstchen!«
Er riß ihm die Peitsche aus der Hand und hob sie hoch. Der Grieche wich bis an die Wand zurück.

»Nicht schlagen!« winselte er. »Das ist alles nur ein Mißverständnis, ein bedauerliches Mißverständnis –«
»Schick den Léon weg«, sagte Coco.
»Wie Sie wünschen«, heulte der Grieche. »Gleich morgen früh!«
»Sofort«, sagte Coco.
Der Obsthändler schlug einen Bogen um Coco, drückte sich an der Wand entlang bis zur hölzernen Stiege, stolperte ein paar Stufen hinauf und rief den neuen Mozo. Eine verschlafene Stimme antwortete.
»Komm herunter«, rief der Grieche heiser. »Jetzt gleich!«
Er stieg wieder herab und wartete neben der Leiter. Cocos Blick wich er aus. Schlaftrunken erschien der Neue auf der Stiege: ein Mulatte, barfuß, mit nackter Brust.
»Zu Diensten, Patrón.«
»Du bist entlassen«, sagte der Grieche. »Hol deine Sachen runter. Du bekommst noch einen Wochenlohn.«
»Aber Patrón –!« stammelte der Bursche.
»Beeil dich«, sagte der Grieche barsch.
Verstört stieg der Mulatte wieder zu seinem Verschlag hinauf. Auch der Grieche verschwand im Haus und kehrte nach einer Weile auf den Hof zurück.
»Wie soll das jetzt mit uns weitergehen?« fragte er.
»Alles ganz genau wie früher«, antwortete Coco.
Neben der Leiter hing ein üppiges Bündel Bananen. Coco brach sich ein paar Früchte heraus und begann zu essen.

»Das geht nicht«, sagte der Grieche. »Jetzt nicht mehr. Sie sind nicht mehr der von damals.«
Er spähte hinüber zu Coco. Im fahlen Licht einer Lampe, die über dem Hintereingang zum Laden hing, konnte er das Gesicht des Schwarzen nicht erkennen. Er hörte ihn nur schmatzen. Von der »Estrella del Mar« tönte lautes Gelächter herüber.
»Wollen Sie drüben nicht mitfeiern?« fragte er.
Coco antwortete nicht. So blieben sie stumm stehen, wo sie standen, der eine vor, der andere hinter der Stiege, bis Léon heruntergetappt kam. Er drückte eine prallgefüllte Plastiktüte an sich.
»Hab ich etwas falsch gemacht, Patrón?« schluchzte er, als ihm der Grieche den Lohn aushändigte.
»Ich war zufrieden mit dir«, antwortete der Grieche.
Léon trat einen Schritt vor und keuchte: »Ich hab eine alte Großmutter und drei jüngere Schwestern, noch Kinder. Was wird mit ihnen geschehen, wenn Sie mich entlassen? Wer wird mich nehmen, jetzt nach dem Erdbeben?«
»Das ist mir gleich«, sagte der Grieche.
»Bitte –!«
»Wenn du nicht augenblicklich verschwindest«, sagte der Grieche, »rufe ich die Polizei.«
Léon duckte sich, stieß das Tor auf und stolperte hinaus. Als seine Schritte und sein Schluchzen verhallt waren, schloß Coco das Tor und ging auf den Griechen zu, der vor ihm zurückwich.
»Gute Nacht, Patrón«, sagte er und stieg, ohne eine Antwort erhalten zu haben, zum Verschlag hinauf.

Kaum oben, stieß er mit der Stirn an einen Balken. Als er zurückprallte, schlug er mit dem Hinterkopf gegen einen Dachsparren. Er erinnerte sich, daß er auf dem Speicher nur gebückt gehen konnte. Vorsichtig tastete er sich in den Verschlag. Es war stickig, und es roch fremd, nach Léon. Und da war nur das winzige Fenster. Auf der Pritsche hockend, schaute er hinaus. In unendlicher Ferne entdeckte er das wabernde Licht des Vulkans. Aber auch *das* sah anders aus als damals: armseliger und bar jeden Geheimnisses.
Als er sich auf der Pritsche ausstrecken wollte, stieß er sich wieder den Kopf. Und das Bett war zu kurz für ihn. Erst jetzt wurde ihm bewußt, daß er sich nie auf ihm hatte ausstrecken können. Immer hatte er mit angezogenen Knien schlafen müssen, zusammengefaltet wie ein Embryo. Er war es nicht anders gewohnt gewesen.
Schlaflos wälzte er sich hin und her, obwohl er todmüde war. Die Hitze des vergangenen Tages staute sich unter dem Dach. Er schwitzte so sehr, daß ihm der Schweiß über die Schläfen herablief. Gegen Morgen geriet er in Raserei: Er trat gegen die Lattenwand am Fußende der Pritsche. Sie splitterte. Er sprang auf und stieß dabei mit der Schulter gegen einen hölzernen Pfosten, der das Dach abstützte. Das brachte ihn vollends in Zorn. Er packte die Gitterstäbe vor dem Fenster und rüttelte daran, bis sich der Rahmen samt dem Gitter aus der Mauer löste. Klirrend schlug er unten auf die Trümmerhaufen des abgebrannten Nachbarhauses auf. Nun streckte Coco

den Kopf aus dem Fenster und atmete die kühle Nachtluft ein.
Es dämmerte schon. Der Schein aus dem Vulkan war nicht mehr zu sehen. Coco zwängte sich aus dem Verschlag und tappte die Stiege hinunter. Der Lärm, den er dabei auslöste, störte ihn nicht. Unten im Hof angekommen, dehnte er sich, stieß die Fäuste in die Luft und warf den Kopf weit in den Nacken. Dann öffnete er das Tor zur Straße. Es war nicht verschlossen wie früher.
Drüben in der »Estrella del Mar« war es still geworden. Neben dem Schutthaufen auf dem Trottoir schlief ein Betrunkener. Coco lehnte sich gegen die Mauer, die den Hof von der Straße abgrenzte, und starrte in die Gasse. Als er ein Geräusch hinter sich hörte, drehte er sich um. Es war der Grieche.
»Es scheint, Sie haben nicht gut geschlafen«, sagte der Obsthändler.
Coco spuckte in weitem Bogen auf die Straße.
»Ich habe auch nicht gut geschlafen«, fuhr der Grieche fort. »Es war eine schwüle Nacht. Eine Nacht, in der man ins Grübeln kommt. Absurde Gedanken geraten einem da in den Kopf. Zum Beispiel, daß Sie der Wilde vom Macaruco sind. Das Monster, Sie wissen schon. Die Polizei würde sich gewiß freuen zu erfahren, wo Sie sich aufhalten. Aber ich will damit nichts zu tun haben. Ich will nicht, daß das hier ausgetragen wird. Ich will nicht in Angst leben. Sie sehen: Ich bin auch nicht mehr der, der ich damals war.«

Er zog ein Päckchen aus seiner Brusttasche und hielt es Coco hin.
»Ich gebe es Ihnen freiwillig«, sagte er, »unter der Bedingung, daß Sie fortgehen. Mit der Summe können Sie eine Weile leben, ohne zu arbeiten. Gehen Sie weit weg! Gehen Sie!«
Coco rührte sich nicht. Er hatte die Hände in den Hosentaschen und hielt den Blick gesenkt. Da ließ der Grieche das Päckchen vor seine Füße fallen und schloß vorsichtig das Tor, bemüht, keinen Lärm zu machen. Coco hinderte ihn nicht daran. Er blieb an der Mauer lehnen und starrte auf das Päckchen.

IV.

Er lehnte dort, bis es hell wurde. Als sich die ersten Wolkensäume über den Dächern röteten, öffnete sich die Tür der »Estrella del Mar«. Edulia trat heraus, mit Umhängetasche und Pappköfferchen und in Stöckelschuhen. Sie blinzelte in das matte Morgenlicht, dann entdeckte sie den Schwarzen auf der gegenüberliegenden Straßenseite. Ihr Gesicht hellte sich auf. Sie suchte einen Weg durch die Schutthaufen und stöckelte auf Coco zu.

»Und?« rief sie.

»Wie geplant«, antwortete er.

»Der Koch und die Frau sind schon fort«, sagte sie. »Ich bin die letzte. Ich habe abgesperrt und nehme den Schlüssel mit, damit keiner auf die Idee kommt, das Haus auszuplündern, bevor Don Emilio heimkommt.« Sie lachte. »Es würde sich auch kaum mehr lohnen. Der Koch und die Frau haben gründlich aufgeräumt.« Sie holte tief Luft und sah ihn triumphierend an. »Es war ein Bombenbetrieb bei uns, diese beiden Tage!« rief sie, öffnete ihre Umhängetasche und hielt sie ihm so hin, daß er hineinsehen konnte. Er blieb stumm und ließ die Hände in den Taschen. »Es hat sich gelohnt«, sagte sie, »weiß Gott! Ich hab alles verkauft, was an Vorräten da war. Die Bar ist leer. Mit dem Geld, was ich da drin hab, komm ich auf die Füße. Jetzt geh ich irgendwohin, wo mich dieser Scheißkerl nie vermutet, und mach eine Küche auf oder miete mir einen Marktstand oder so was. Ich kann kaufen und verkaufen und kochen und servieren, und wie man mit dem Geld umgeht, habe ich gelernt. Jetzt werde ich auch mal eine Señora sein. Jetzt fängt das neue Leben an, so wie in den Kinofilmen. Gleich heute. Am liebsten hätte ich ein kleines Restaurant, eins für Familien.«

»Ich kenne da ein Haus«, sagte Coco bedächtig, »das steht leer. Über Corocoro auf dem Hang, ganz einsam. Von dort sieht man weit hinunter.«

Edulia horchte auf. »Ideal als Ausflugslokal«, meinte sie. »Die Stadt ist groß. Unter zwei Millionen gibt es sicher eine Menge Leute, die so verrückt sind, daß sie ausgerechnet dort oben essen wollen. Mal was andres. Aber warum steht es leer?«

»Es hat kein Wasser«, sagte Coco. »Die Leute, die früher drin wohnten, haben das Wasser in Korbflaschen auf dem Maulesel aus Corocoro geholt.«

»Das Haus bekäme ich fast umsonst, wenn's kein Wasser hat«, sagte Edulia. »Man müßte eben einen Brunnen graben.«

»Und wie kommen die Gäste hinauf?« fragte Coco. »Von Corocoro aus ist es mit dem Maulesel sicher noch eine halbe Stunde.«

»Dazu müßte man einen finden, der ein paar Maulesel hat und was verdienen möchte«, sagte Edulia. »Man könnte sich Hand in Hand arbeiten.«

Coco schubste das Päckchen des Griechen mit den Zehen in Edulias Richtung.

»Was ist das?« fragte sie, bückte sich, hob es auf und

wickelte das Geld aus dem Papier. Sie staunte. »Ist das deins?«

»Vom Griechen«, antwortete er. »Er hat mir's vor die Füße geworfen.«

Mit flinken Fingern zählte sie die Scheine. »Ich gratuliere«, sagte sie. »Und noch dazu rechtmäßig erworben. Eine Lohnnachzahlung von vielen Jahren. Er scheint große Angst vor dir zu haben.«

Coco nickte.

»Du bleibst also nicht hier?« fragte sie und gab ihm das Geld zurück.

Er schüttelte den Kopf und kratzte sich an der Brust.

»Was hast du nun vor?« forschte sie weiter.

Er hob die Schultern. »Ich könnte vielleicht den Brunnen graben«, sagte er.

»Pepe!« rief sie. »Ist das dein Ernst?«

«Oder die Maulesel treiben«, fügte er hinzu.

»Steck dein Geld ein«, rief sie, »zu zweit können wir's schaffen – mit viel Glück.« Sie griff nach dem Koffer. »Brechen wir auf. Jetzt gleich!«

»Wir müssen noch ein paar Tage warten«, sagte Coco zögernd, »sonst laufen wir ihnen in die Arme.«

»Warten wir«, sagte sie, setzte sich auf den Schutthaufen, neben dem der Betrunkene schnarchte, zog die Stöckelschuhe aus, klappte den Koffer auf, holte ein Paar Sandalen heraus, schlüpfte hinein und verstaute die Stöckelschuhe im Koffer. Über den Dächern zog sich ein Gewitter zusammen. Hinter dem Macaruco stand eine schwarze Wolkenwand. Nichts Besonderes. Es war ja Regenzeit.

»Und wenn mich die Leute in Corocoro erkennen?« fragte Coco.

»Es gibt viele große schwarzhäutige Männer in Leticia«, antwortete Edulia.

»Und wenn die Alten uns das Haus nicht verkaufen wollen?« fragte er weiter.

»Dann müssen wir uns nach was anderem umsehen«, meinte sie.

Er dachte nach.

»Und wenn wir das Haus bekommen, aber keine Gäste finden?«

»Wir werden Anzeigen in die Zeitungen tun«, schlug sie geduldig vor, »und Wegweiser von der Stadt bis nach Corocoro und von Corocoro bis hinauf zum Haus anbringen. Ich hab in der ›Estrella‹ schreiben und lesen gelernt, einfach dem Wirt und den Gästen abgeguckt. Ich kann die Wegweiser selber schreiben. Und wenn nichts anderes hilft, geh ich in der Stadt herum und schreie es in alle Häuser und Gärten hinein, daß es sich lohnt, zu uns auf den Vulkan zu kommen!«

»Und wenn sich im Brunnen, den ich graben werde, kein Wasser sammelt?« fragte Coco.

»Dann gräbst du daneben einen neuen.«

»Und wenn das Geld für das alles nicht reicht?«

Da wurde sie zornig. »Und wenn mich der Wirt findet und mich einlochen läßt?« äffte sie ihn nach. »Und wenn wir beide krank werden? Und wenn der Vulkan ausbricht und unser Haus verschüttet? Verdammt noch mal, Pepe, unsere Chancen stehen eins zu tausend! So schlecht, daß es nahezu ein Wunder wäre, wenn wir ein lebenswertes Leben zustande brächten. Aber uns bleibt nichts anderes übrig, als an dieses Wunder zu glauben. An ein unverschämtes Glück! Und wenn man mir prophezeien würde, daß ich morgen in glühender Lava umkomme – ich würde trotzdem weitermachen bis zum letzten Augenblick! Noch dazu, wo wir jetzt zu zweit sind. Reiß dich zusammen, Pepe Amado. Zeig, was du kannst!«

Pepe fing an zu grinsen.

»Ich werd's ihnen zeigen«, sagte er.

»Na also«, seufzte Edulia und holte tief Luft.

Sie streckte die Hand nach ihm aus und ließ sich von ihm hochziehen. Sie ließ ihn nicht los, sondern zog ihn mit sich fort. Als er ihr Köfferchen tragen wollte, reichte sie es ihm, ohne zu zögern. Er schwenkte es übermütig.

»Und was machen wir jetzt, heute und morgen?« fragte Edulia.

»Ich hab noch nie im Meer gebadet«, sagte Pepe.

»Also gehen wir ans Meer«, sagte Edulia, »und baden wir so lange, bis wir uns häuten.«

Ein Blitz zuckte aus dem düsteren Gewölk. Donner dröhnte. Im plötzlich aufkommenden Sturm wirbelte ein Zeitungsfetzen über die Straße. Angstvoll wieselte eine Ratte am Bordstein entlang, auf der Suche nach einem Schlupfloch.

Lachend gingen sie die breite Avenida hinunter, mitten auf der Fahrbahn, und störten sich nicht daran, daß die Wagen hupten.

Gudrun Pausewang, geboren 1928 in Wichstadtl (Böhmen), wo die Eltern in den Zwanziger Jahren den Traum vom alternativen Leben zu verwirklichen suchten. Unterrichtete von 1956 bis 1972 an Schulen in Chile, Venezuela und Kolumbien. Lebt seit ihrer Rückkehr als Lehrerin in Hessen.
Gudrun Pausewang veröffentlicht seit den sechziger Jahren sozialkritische Romane, u. a. *Bolivianische Hochzeit* (1968), *Aufstieg und Untergang der Insel Delfina* (1973), *Karneval und Karfreitag* (1976), *Wie gewaltig kommt der Fluß daher* (1978), *Die Freiheit des Ramon Acosta* (1981) und *Kinderbesuch* (1984 im Arche Verlag). Außerdem schrieb sie zahlreiche Kinder- und Jugendbücher, die mehrfach ausgezeichnet wurden und unter denen *Die letzten Kinder von Schewenborn* (1983), die Erzählung einer fiktiven Atombombenexplosion, eines der wichtigsten Jugendbücher der letzten Jahre darstellt.

Gudrun Pausewang
Kinderbesuch
Roman
239 Seiten. Geb.

»Was zu Beginn nach einem harmlosen Wochenende aussieht, schließt mit einer tödlichen Abrechnung. Wieder, wie etwa schon im Roman ›Die Freiheit des Ramon Acosta‹, entwickelt die Autorin Spannung in folgerichtiger Stetigkeit, und dennoch bricht das Finale bestürzend herein, weitaus heftiger und dämonischer, als es der Leser ahnen mochte.«

Neue Zürcher Zeitung

Carolyn Forché
Was du gehört hast,
ist die Wahrheit
Gedichte über El Salvador
Aus dem Amerikanischen
von Katrine von Hutten und Maja Pflug
96 S. Engl. Br.

Joyce Carol Oates nennt sie eine »hochbegabte junge Frau«, Margaret Atwood eine »gewichtige neue Stimme«, andere nennen sie sogar in einem Atemzug mit Pablo Neruda: Carolyn Forché, die mehrfach ausgezeichnete Lyrikerin. Mit »Was du gehört hast, ist die Wahrheit« legt sie ihren zweiten Gedichtband vor: Gedichte über El Salvador, Gedichte über Menschen, Reisen, Begegnungen. Seit ihrem dreijährigen Aufenthalt als Journalistin in El Salvador ist dieses Land für Carolyn Forché, für ihr Leben und Schreiben, zur prägenden Erfahrung geworden, ist ihre Lyrik ein Zeugnis für die Unterdrückten, für die Toten, ist Poesie auch eine Form des Protests.

Natalia Ginzburg
Valentino
Eine Erzählung
Aus dem Italienischen
von Maja Pflug
Neue Arche Bücherei 14
86 Seiten. Geb.

Eine frühe, fast vergessene Erzählung der großen italienischen Schriftstellerin Natalia Ginzburg. Eine Geschichte voll ausweglosen Schweigens, trauriger Liebe und verhinderter Hoffnungen.

Fabrizia Ramondino
Althénopis
Kosmos einer Kindheit
Roman
Aus dem Italienischen
von Maja Pflug
Mit einem Nachwort
von Lea Ritter-Santini
368 Seiten. Geb.

»Wer den Roman ›Althénopis‹ gelesen hat, wird die Atmosphäre jener langen Stationen einer Kindheit nicht vergessen, einer Kindheit, die ewig zu sein schien, zugleich aber in der Schwebe gehalten von der ständigen Erwartung, durcheinandergebracht und vertrieben zu werden, abreisen zu müssen in ein nächstes Exil.« Natalia Ginzburg

Auf der Bestenliste des Südwestfunks